S.M.R.

Roots

www.tredition.de

© 2017 S.M. R.

Verlag und Druck: tredition GmbH, Grindelallee 188, 20144 Hamburg

ISBN
Paperback: 978-3-7439-2524-3

Inhaltsverzeichnis:

Erster Teil

Einleitung

„Das Leben beginnt dort, wo die Angst endet." sagte der indische Philosoph Osho und dies halte ich für eine geeignete Einstellung, um ein Abenteuer zu starten. Zum Beispiel eine Reise in die Dritte Welt, was für mich persönlich die beste Entscheidung meines Lebens und eine überaus bereichernde Erfahrung war. Dieses Buch hat als persönlicher Reisebericht hiervon quasi seine ersten Schritte gemacht, ist jedoch fiktiv aufbereitet worden, um an den vorhergehenden Roman anzuknüpfen. Mit beiden Büchern habe ich versucht ein neues Konzept (oder zumindest eines, von dem ich noch nicht gehört habe) zu kreieren. Standardwerke auf den Gebieten Ostafrika und Swahili sind sicherlich umfangreicher als dieses, doch in dieser Form ist mir kein anderes Buch bekannt.

Roots richtet sich an Leser verschiedener belletristischer Genres, die eventuell ihren sprachlichen und kulturellen Horizont erweitern möchten und insbesondere an Reisende nach Kenia. Es handelt sich hier um eine Kombination aus Sachbuch und Novelle, wobei die Teile eindeutig getrennt sind. In dem erzählerischen Teil sind jedoch viele sich wiederholende Fremdwörter aus dem Swahili eingebaut worden, sodass diese unvermeidlich gelernt werden. Dass dies funktioniert, ist mir beim Lesen des Romans „A Clockwork Orange" von Anthony Burgess aufgefallen, worin eine Kunstsprache mit russischen Elementen verwendet wird. Die Idee der eingestreuten Wörter ist also nicht neu, aber sie funktioniert auf unterhaltsame Weise.

Neben dem Aspekt, eine Sprache näher bringen zu wollen, ist die Intention der Novelle Vorurteile und Ängste zu beseitigen, aber auch Missstände aufzuklären, aktuelle Probleme wie Fremdenfeindlichkeit und Rassismus zu behandeln und sich mit Bosheit im Allgemeinen auseinanderzusetzen.

Da die Geschichte hauptsächlich in Kenia handelt, ist der sprachliche Teil konzentriert auf Swahili und die anderen in Afrika verbreiteten Sprachen Englisch und Französisch dienen hier nur als Zusatz, sodass die Wörter lediglich in diese übersetzt werden, aber weder Grammatik noch Aussprache erklärt werden. Bei der Erklärung der suahelischen Grammatik werden in jedem Fall die deutschen und lateinischen Fachbegriffe wie z.b. Einzahl /Singular verwendet. Alle tempo-rären Informationen wie z.B. Bevölkerungszahlen entsprechen dem Stand von März 2017.

Wesentliche Inspirationen für den erzählerischen Teil waren die Weisheiten des zu Beginn genannten Philosophen, da ich überzeugt bin, dass diese hilfreich sein können, um sich von eventuellen Ängsten vor einer solchen Reise zu befreien. Und nun wünsche ich viel Spaß und safari njema!

Kenia

1. Allgemeines

vollständiger Name	Republik Kenia
Hauptstadt	Nairobi
Bevölkerung	rund 47 Millionen
Fläche	rund 580.000 km²
Präsident	Uhuru Kenyatta
Amtssprachen	Englisch, Swahili
Währung	Kenia-Schilling
Nachbarländer	Äthiopien, Somalia, Tansania, Uganda, Südsudan

geografische Lage

Flagge

Wer gern ein Land mit typisch afrikanischen Tierarten, Landschaften und Kulturen kennen lernen und bedürftigen Menschen helfen möchte, ist in der Republik Kenia goldrichtig. Vor allem ist Kenia wohl für seine Weltspitzen-Langstreckenläufer oder aus Filmen wie "Jenseits von Afrika" oder "Nirgendwo in Afrika" bekannt, aber hinter einer Nation verbirgt sich natürlich mehr Wissenswertes als allgemein verbreitet ist. Beispielsweise ist nicht jedem geläufig, dass es sich hier um die Wiege der Menschheit handelt, da die ersten Homo sapiens Funden zufolge in Rift Valley am Turkana-See gelebt haben.

Im 9. Jahrhundert n. Chr. begannen arabische Muslime an der Ostküste Afrikas Handel zu betreiben und es entwickelte sich die Sprache Swahili (eingedeutscht Suaheli), welche in diesem Buch eine wesentliche Rolle spielt. Im 19. Jahrhundert wurde das Küstengebiet *Witu* (auch Suaheli-Land) zum deutschen Schutzgebiet / Protektorat, bevor es im Rahmen des Helgoland-Sansibar-Vertrages an Großbritannien übergeben wurde. Über die Jahrhundertwende wurde das gesamte, heutige Kenia und Teile der angrenzenden Länder zum Protektorat "Britisch-Ostafrika". 1920 wurde Kenia dann offiziell von Großbritannien kolonialisiert und während dieser Ära kulturell, sprachlich sowie religiös stark beeinflusst. Nach erheblichen Aufständen in den Fünfzigerjahren erlangte das Land 1963 die Unabhängigkeit mit dem Gründungspräsidenten Jomo Kenyatta. Es folgten seitdem drei weitere Präsidenten, wovon der Aktuelle der Sohn des Gründungspräsidenten ist.
Politische Unruhen waren dort in den vergangenen Jahrzehnten leider keine Seltenheit. 1998 verübte die Terror-Organisation Al-Kaida einen Anschlag auf die US-Botschaft in Nairobi, wobei 224 Menschen getötet wurden. Schwere Unruhen folgten im Jahr 2007 auf die Präsidentenwahl und 2011 marschierten kenianische Truppen in Somalia ein und erklärten den Islamisten den Krieg.

Als Reaktion darauf wurde Kenia in den Folgejahren von Anschlägen der Terror-Organisation Al Shabaab heimgesucht. Im Nordosten Kenias befindet sich mit über 300.000 somalischen Asylanten das größte und gefährlichste Flüchtlingslager der Welt. Seit 2013 ist Uhuru Kenyatta Staatsoberhaupt und Regierungschef Kenias. Außerdem ist das Land in 47 *Countys* eingeteilt, in denen jeweils ein Gouverneur regiert. Bekannte Kenianer sind darüber hinaus die Umweltschützerin und erste afrikanische Nobelpreisträgerin Wangari Maathai, der aktuelle Marathon-Weltrekordhalter Dennis Kimetto, der Speerwurf-weltmeister Julius Yego alias Youtube-Man oder die Schauspie-lerin und Oscar-Preisträgerin Lupita Nyong'o. Des Weiteren stammt der Vater des ehemaligen US-.Präsidenten Barrack Obama aus Kenia.

Verglichen mit Deutschland ist die Fläche Kenias ca. 1,6 mal so groß, während die Bevölkerung auf nur 60% der Deutschlands kommt. Das Bevölkerungswachstum ist dort deutlich höher, wobei eine Durchschnittskenianerin fünf Kinder hat. Die durchschnittliche Lebenserwartung ist jedoch ca. zwanzig Jahre niedriger als hierzulande und mehr als 40% der Kenianer sind jünger als 15 Jahre. Mit rund drei Millionen Einwohnern ist die Hauptstadt Nairobi die größte Stadt der Republik.
Kenia-Schilling ist die Währung, wobei 100 Schilling momentan dem ungefähren Wert von einem Euro entsprechen. Um dort schnell einen Preis einschätzen zu können, müsste man also zwei Nullen von dem Betrag abziehen. Die Uhr müsste beim Hinflug aus Deutschland eine Stunde – aufgrund unserer Winterzeit, sind es von Ende Oktober bis Ende März zwei - vorgestellt werden. Impfungen vor der Einreise sind momentan keine Pflicht, wenn man nicht aus einem Land kommt, in dem Gelbfieber verbreitet ist.
Als deutscher Tourist erhält man in Kenia bei der Ankunft ein Visum mit einer Gültigkeit von 90 Tagen. Um die dortige

Wartezeit zu verkürzen, ist auch ein E-Visum möglich. Als Ausländer dort eine Arbeit zu finden ist äußerst schwierig, wenn man keine Fachkraft ist. Aufgrund der hohen Arbeitslosigkeit von ca. 40 % muss der Arbeitgeber beweisen, dass er die Stelle nicht mit einem Kenianer besetzen kann. Ein Arbeitsvisum ist zwei Jahre gültig und kann verlängert werden. Nach zweimaliger Verlängerung hat der Arbeitnehmer ein Recht auf einen kenianischen Pass. Die Staatsbürgerschaft erhält man ansonsten bei Geburt in Kenia, wenn mindestens ein Elternteil kenianischer Staatsbürger ist oder nach mindestens siebenjähriger Ehe mit einer /einem kenianischen Staatsbürger/in.

Kenias Bevölkerung setzt sich aus zahlreichen Ethnien zusammen, welche sich zum Beispiel in ihren Muttersprachen unterscheiden. Die durch ihre traditionelle Kleidung wohl bekannteste Volksgruppe Kenias sind die Massai (auch Maasai oder Masai), obwohl dieser eine von 42 Stämmen des Landes nur 2% der Bevölkerung ausmacht. Der mit 22% größte Stamm Kikuyu sowie der zweitgrößte namens Luhya zählen wie die meisten zum Oberbegriff Bantu, dem in Mittel- und Südafrika über 400 Stämme angehören. Der drittgrößte Stamm Luo zählt hingegen zu der nilotischen Gruppe wie auch die Kalendjin, denen die meisten der Langstreckenläufer aus der hierfür geeigneten Region Rift Valley angehören oder die Turkana, die ebenfalls für erhaltene Traditionen und auffallende Kleidung bekannt sind.

Während es in Kenia afrikanische Religionen wie die der Massai gibt, sind rund 80% der Kenianer Christen - davon die meisten Protestanten - und rund 10% sunnitische Muslime. Außerdem sind andere Religionen wie Hinduismus und rund 2% Konfessionslose vertreten.

Obwohl über 40% der Kenianer von weniger als 1,25$ pro Tag leben, wächst mit der Bevölkerung auch die Wirtschaft bei einem aktuellen Bruttoinlandsprodukt von ungefähr 70 Milliarden US-Dollar. Die wesentlichen Wirtschaftszweige sind Tee- und Kaffee-Export, Bodenschätze wie Salz und Gold, Tourismus, Landwirtschaft und Fischerei.

Die Hafenstadt Mombasa ist neben einem Touristen- auch ein Industriegebiet und nach Nairobi die zweitgrößte Stadt des Landes. Dort befindet sich ebenfalls die alte Festung Fort Jesus, welche Teil des Unesco Weltkulturerbes ist. Weitere Großstädte Kenias sind Kisumu, Nakuru und Eldoret. Als Grundlage für den Tourismus und Schutz der Natur dienen Nationalparks, worauf im folgenden Abschnitt näher eingegangen wird.

2. Sehenswürdigkeiten

Nr.	Ort / Attraktion	Was es zu sehen gibt
1	Tsavo Nationalpark: größter Nationalpark Kenias; unterteilt in East und West.	Vulkanlandschaft mit dem längsten Lava-Feld der Welt, Gras- und Buschsavanne, Halbwüste /Steppe, Akazienwälder, Felsschluchten, Wasserfälle, Tierarten wie z.B. (rote) Elefanten, Löwen, Geparde, Gazellen, Strauße, Giraffen, Zebras, Krokodile, Flusspferde und Nashörner in freier Wildbahn und Mengen wie in keinem Zoo
2	Masai Mara: beliebtester Nationalpark Kenias (genau genommen Naturschutzgebiet) und Teil der Serengeti	Einheimisches Naturvolk Massai, Gebirge, Gnus und deren eindrucks-volle Wanderungen, Elefanten, Gazellen, Antilopen
3	Lake-Nakuru-Nationalpark: Nationalpark mit der nach Masai Mara zweitgrößten Besucherzahl	Vor allem Vögel wie ca. zwei Millionen Flamingos und ca. 450 andere Vogelarten; Säugetiere wie Affen, Büffel, Giraffen oder Nashörner
4	Amboseli-Nationalpark: durch die umliegende Massai Region und deren Traditionen besonders geschütztes Gebiet an der Grenze zu Tansania; Drehort des Films Lara Croft -Tomb Raider	der Kilimandscharo - höchster Berg Afrikas, Savanne, Sümpfe, Akazienwälder, Tierarten ähnlich wie im Tsavo Nationalpark

5	Nairobi-Nationalpark: erster Nationalpark Kenias nahe der Innenstadt, was einen Konflikt darstellt.	Verschiedene afrikanische Pflanzen- und Tierarten, Skyline von Nairobi
6	Mombasa: seit dem Mittelalter Handelsmetropole Ostafrikas; zweitgrößte Stadt Kenias mit Swahili-Kultur und arabisch, portugiesisch und englisch geprägter Geschichte; aufgrund der Anschläge und Raubüberfälle auf Touristen im Land ist der Tourismus in den vergangenen Jahren besonders hier zurück gegangen	Diani Beach - langer, weißer Strand an türkisfarbenem Indischen Ozean mit Korallenriffen; die Tusks - große Stoßzähne wie ein Tor am Stadteingang (Wahrzeichen), Fort Jesus - von den Portugiesen erbaute Festung, die Altstadt mit Swahili-Architektur, Souvenirläden, Restaurants, Nachtclubs, Shows ect.
7	Rift Valley: ehemals größte Provinz Kenias und ein Teil des insgesamt 6.000 km langen, bis zu 1000m tiefen und bis zu 100km breiten Grabenbruchs, welcher Afrika innerhalb der nächsten zehn Millionen Jahre in zwei Kontinente teilen könnte.	Museen über die ersten Menschen, Vulkane, der Nakurusee, der Turkanasee, der Naivashasee, Hell's-Gate-Nationalpark (Drehort des Films Lara Croft- Tomb Raider 2), die Turkwai Talsperre

8	Mount Kenya: höchster Berg Kenias und zweithöchster Afrikas	Mount-Kenya-Nationalpark, tropischer Regenwald, Gebirgsflüsse mit Wasserfällen, Schnee und Eis 15km entfernt vom Äquator
9	Victoriasee: größter See Afrikas und drittgrößter der Welt	Mfangano Island - Insel mit einheimischem Urvolk, die sich auch zum Angeln, Wasserski fahren oder Wandern eignet
10	Wasini Island: Insel im indischen Ozean	mit Glück Delfine und Walhaie; Korallenriffe

Kenia bietet eine vielfältige Landschaft mit Savanne, Regenwald, Wüste, Gebirge und Korallenriffen sowie eine Artenvielfalt von exotischen Tieren, die sich in den besagten Nationalparks durch PKW, Ballon oder Bootsafaris besichtigen lassen.

Durch Kisumu, Nanyuki und die restliche Mitte Kenias verläuft der Äquator, der an vielen Stellen gekennzeichnet ist. Nahe der Kleinstadt Nanyuki befindet sich auch die höchste Erhebung des Landes auf dem Mount Kenya mit 5.199 Metern (höher als der höchste Berg Europas). Als Gegenstück hierzu zieht sich durch den Westen ein Teil des Großen Afrikanischen Grabenbruchs / Great Rift Valley. Im Süden grenzt Kenia an den Kilimandscharo, dessen Spitze jedoch zu Tansania gehört.

Von Sonnenschein kann man ausgehen und unsere Jahreszeiten haben in dieser Region keine Bedeutung. Man unterscheidet lediglich zwischen Regen- und Trockenzeit (jeweils zwei pro Jahr), wobei auch starke Überschwemmungen auftreten können. Der regnerischste Monat ist normalerweise Juli, der wärmste Februar. Die Temperaturen sinken jedoch äußerst selten unter 15 Grad Celsius.

Die Eintrittspreise der Nationalparks liegen umgerechnet (109 KES = 1€) zwischen 20 und 80 Euro. Es gibt aber auch kostenlose Parks und Attraktionen wie Arboretum - ein botanischer Garten in Nairobi - oder der Naivashasee. Ein günstiges, aber nicht ungefährliches Verkehrsmittel ist das "Matatu", wobei es sich um überall im Land verteilte Kleinbusse handelt, die als Shuttles dienen. Diese haben allerdings keine bestimmten Fahrtzeiten sondern fahren erst dann los, wenn sie voll sind, was stundenlang dauern kann. Eine dreistündige Matatufahrt kostet ca. 4€. Eine zwanzigminütige Taxifahrt vom Flughafen zum Stadtzentrum Nairobis ca. 25€ und ein Liter Super ca.0,90€. Die Preise sind im Allgemeinen zwar niedriger als in Ländern der ersten Welt, doch ich würde jedem an einer Reise Interessierten raten, darauf zu achten nicht zu viel Geld zu verlieren. Auch ist es empfehlenswert sich vorher beim Auswärtigen Amt über die aktuelle Lage zu informieren und darüber hinaus könnten noch folgende Hinweise hilfreich sein.

3. Kultur-Schock

Es ist zwar normal als Afrikaner Internetzugang, Handy oder zivilisierte Kleidung zu besitzen, trotzdem wird man dort als Europäer wohl früher oder später eine Art Kultur-Schock erfahren. Überaus bedauerliche Missstände wie Hungersnot, Genitalverstümmelung bei Frauen, andere Misshandlungen, Straßenkinder ohne Bildungsmöglichkeit oder AIDS dürften im Zusammenhang mit Afrika schon bekannt sein. In einem Entwicklungsland wie Kenia herrschen aber selbstverständlich auch eine andere Mentalität und Kultur (die nach Stämmen und Region variieren). So ist es dort z. B. auch normal mit den Händen zu essen.

Als Gast kann man natürlich nicht erwarten, dass alles so zu sein hat wie in der Heimat und sollte Auseinandersetzungen möglichst vermeiden. Trotzdem muss man sich nicht ausnutzen lassen und sich vor Betrügern vorsehen. Straßenkindern sollte man eher etwas zu essen als Geld geben, da viele von ihnen drogensüchtig sind. Es kann vorkommen, dass man von ihnen nicht so einfach in Ruhe gelassen wird und sie sich Erpressungsmittel einfallen lassen wie mit Exkrementen zu werfen und damit Krankheiten zu übertragen. Es ist daher keine Schande Hilfe eines Einheimischen anzunehmen, wenn man von einer solchen Kinderscharr verfolgt werden sollte.

Entlang der Küste ist die muslimische Kultur stark vertreten, ansonsten ist das Christentum die vorherrschende Religion in Kenia. Insgesamt ist die Gesellschaft sehr religiös und konservativ. Mit aufreizender Kleidung sollte man etwas vorsichtiger sein. Küsse oder Händchenhalten in der Öffentlichkeit sollte man unterlassen. Rauchen in der Öffentlichkeit, nackt baden sowie homosexuelle Handlungen sind sogar illegal und AIDS ist ein heikles Thema. Auf Pünktlichkeit und Sauberkeit wird hingegen weniger Wert gelegt als hierzulande.

Korruption ist nicht gerade eine Ausnahme und so ist es auch nicht ungewöhnlich bei Verkehrskontrollen kleinere Bestechungsbeträge an Polizisten zu zahlen. Werden höhere Beträge gefordert, sollte man im Zweifelsfall auf der Stelle die Botschaft seines Landes anrufen oder zumindest damit drohen.

Nicht nur aus monetären Gründen ist man dort als Hellhäutiger jedoch eher beliebt. Von manchen wurden die europäischen Kolonialisten damals sogar als Götter angesehen. Häufig wird man als Weißer erfreut mit Mzungu oder Johnny angeredet und ausgerechnet in den Slums ist man sogar relativ sicher, weil man nicht als Tourist sondern als freiwilliger Helfer angesehen wird, welche erst recht nicht verscheucht werden sollen. Ostasiaten werden von Überfällen und Ähnlichem häufiger verschont, da manche Kenianer deren Kampfkünste fürchten. Es wird sich vergleichsweise wenig an Gesetze gehalten, obwohl mit harten Strafen zu rechnen ist. Neben der Polizei kann auch ein Mob von Menschen durch Selbstjustiz auftreten.

Die offiziellen Gesetze unterscheiden sich zwar nicht besonders von denen in Europa. Körperliche Bestrafung gilt jedoch in der Kindeserziehung und in der Schule als normal so wie es während der Kolonialzeit auch in Europa Gang und Gebe war. Aus heutiger, europäischer Sicht kann das Ansehen dortiger Gewalt aber verstörend wirken. Womöglich kann man afrikanische Immigranten hierdurch besser nachvollziehen oder aber bekommt rassistische Gedanken, was vielleicht auch davon abhängt, ob man sich auf den Täter oder das Opfer konzentriert.

Ältere Personen werden respektiert und beim Handschlag wird hier das eigene, rechte Handgelenk zusätzlich mit der linken Hand umfasst, um dies zu zeigen. Um Respekt zu zeigen sollte man auch stehen bleiben und zu sehen, wenn die Flagge gehisst wird oder der Präsident zu sehen ist. Für ihn wird sogar der restliche Verkehr angehalten. Aus Höflichkeit entschuldigt man sich auch, wenn man nicht schuldig ist im Sinne von *Das tut mir leid für Sie* oder *wie schade für Sie* mit sorry oder pole. Es ist unhöflich ein Geschenk nicht anzunehmen und bei Heirat ist die Mitgift eine der Traditionen. Durch den niedrigen Lebensstandard herrscht eine andere Mentalität als in Europa. Man ärgert sich weniger über kleinere Dinge und es gibt weniger Stress und Hektik.

In Kenia wird hauptsächlich Englisch und Swahili gesprochen. Im Gespräch mit Erwachsenen kann man davon ausgehen, dass man dort auf Englisch verstanden wird und bevor man als nach Kenia Reisender eine neue Sprache von Grund auf lernt, sollte man sicher im Umgang mit der englischen Sprache sein. Suaheli-

Grundkenntnisse sind aber vorteilhaft, da beispielsweise Toiletten mit den Wörtern wanamke (Frauen) und wanamume (Männer) beschriftet sein können. Darüber hinaus wird man mit Suaheli-Kenntnissen seltener Opfer von Betrug oder Wucher und erfreut die Einheimischen. Ich persönlich habe großen Gefallen daran gefunden Suaheli zu lernen, weil zumindest die Grundlagen im Vergleich zu europäischen Sprachen einfach und logisch aufgebaut sind. Der folgende "Crashkurs" dient ebenso als Nachschlagewerk für englische und französische Begriffe, setzt in diesen Sprachen aber Grundkenntnisse voraus.

Swahili

1. Über die Sprache

Swahili wird im ostafrikanischen Raum – besonders Tansania, Kenia und Uganda – gesprochen. In Mittelafrika wird die Sprache teilweise mit Französisch gemischt. Entstanden ist sie aus Elementen verschiedener Bantusprachen und arabisch. Das Wort Swahili ist abgeleitet von dem arabischen Wort für Küste, was ebenso die Region Kenias bezeichnet, wo Swahili die Muttersprache ist. In der Regel ist die Muttersprache in Kenia jedoch die des jeweiligen Stammes, Swahili die erste Fremdsprache und Englisch die zweite. Ein Durchschnittskenianer spricht demnach also drei verschiedene, wobei Swahili als Nationalsprache gilt.

2. Aussprache

Die Selbstlaute / Vokale a, e, i, o, u werden wie im Deutschen jedoch immer kurz (außer bei einem Doppelvokal wie aa) ausgesprochen. Unsere Umlaute ä, ö, ü gibt es im Swahili nicht.

Mitlaute / Konsonanten werden wie im Englischen z.B. v wie w, w wie in work, s wie ß, z wie in zero oder th wie ein Lispeln ausgesprochen. Das R wird hingegen wie im Italienischen gerollt. Die Betonung liegt stets auf der Vorletzten Silbe des Wortes.

3. Gängige Ausdrücke und Grundlagen für Dialoge

Deutsch	Suaheli	Englisch	Französisch
Hallo	Jambo	Hello	Salut
Wie geht's ?	Habari gani?	How are you?	Comment ça va?
gut	nzuri	fine	bien
Wie heißt du?	Unaitwa nani?	What's your name?	Comment tu t'appelles?
Ich heiße...	Ninaitwa...	My name is...	Je m'appelle...
Wo kommst du her?	Unatoka wapi?	Where are you from?	Tu viens d'où?
Ich komme aus Deutschland.	Ninatoka Ujerumani.	I'm from Germany.	Je viens d'Allemagne.
Ich lerne Suaheli.	Ninajifunza Kiswahili.	I'm learning Swahili.	J'apprends swahili.
ja	ndiyo	yes	oui
nein	hapana	no	non
Ich weiß nicht.	sijui	I don't know.	Je ne sais pas.
vielleicht	labda	maybe	peut-être
okay	sawa	okay	d'accord
bitte	tafadhali	please	s'il vous plaît
bitteschön, willkommen	karibu plural: karibuni	There you go, welcome	bienvenue
danke	ahsante (sana)	thank you	merci
sehr	sana	very	très
Entschuldigung	samahani	Excuse me	Excusez moi
tut mir leid	pole (sana)	sorry	Jes suis désolé

	plural: poleni		
kein Problem	hamna shida	no problem	Ça ne fait rien.
Es gibt keine Probleme.	Hakuna matata.		
Es gibt ... / Gibt es...?	Kuna ...	There is / Is there?	Il y a / Est-ce qu'il y a?
Haben Sie...?	Una...?	Do you have...?	Est-ce que vous avez?
Wo ist...?	...ni wapi? /	Where is...?	Où est...?
Auf Wiedersehen	kwa heri plural: kwa herini	Goodbye	Au revoir

4. Hauptwörter / Substantive, Nomen

Es gibt im Swahili keine Begleiter/Artikel, weder bestimmt noch unbestimmt. Auch haben Substantive keinen Genus, also keine sprachliche Unterscheidung zwischen männlich und weiblich. Die meisten Substantive sind auch in Einzahl/Singular und Mehrzahl/Plural identisch (Hauptwortklasse 5). Zur Einordnung der restlichen gibt es Hauptwortklassen, wonach sich deren Vorsilbe/ Präfix richtet, die sich im Plural ändert.
Die folgende Tabelle nummeriert diese Klassen, damit die Wörter in den anschließenden Tabellen zugeordnet werden können. Wenn keine Nummer zu finden ist, hat das Wort keinen Plural. In der französischen Spalte der anschließenden Tabelle wird der Genus jedes Hauptwortes mit *f* bzw. *m* gekennzeichnet.

Nr.	Vorsilbe im Singular	Vorsilbe im Plural	Beispiel
1	m-, mw-	wa-	mtu / watu (Mensch/Menschen)
2	m-, mw-	mi-	mkate/mikate (Brot/Brote)
3	ki-,ch-	vi-, vy-	kitabu/vitabu (Buch/Bücher)
4	-	ma-	shamba/mashamba (Feld/Felder)
5	-	-	baba (Vater/Väter)
6	u-,w-	n-, m-,ny-,nd-	wimbo/nyimbo (Lied/Lieder)
7	pa-	pa-	pahali (Ort/Orte)
8	ku-	-	kusafiri (das Reisen)

Orte:

Welt	dunia 5	world	monde m
Land	nchi 5	country	pays m
Kenia, Tansania, Uganda	Kenya, Tanzania, Uganda	Kenya, Tanzania, Uganda	le Kenya, Tanzanie f, Ouganda m
Deutschland, Schweiz, Österreich	Ujerumani, Uswisi, Austria	Germany, Switzerland, Austria	Allemagne f, Suisse f, l'Autriche f
Stadt	mji 2	town, city	ville f
Haus	nyumba 5	house	Maison f
Hotel	hoteli ya kulala 5	hotel	hôtel m
Restaurant	hoteli 5	restaurant	restaurant m
Toilette	choo 3	washroom, toilet, loo	toilettes f,pl
Geschäft, Laden	duka 4	store, shop	magasin m

Markt	soko *4*	market	marché *m*
Bank	benki *4*	bank	banque *f*
Krankenhaus	hospitali *4*	hospital	hôpital *m*
Arzt	daktari *4*	doctor	médecin, docteur *m/f*
Polizei	polisi	police	police *f*
Schule	shule *6*	school	école *f*
Arbeit	kazi *6*	work	travail *m*
Bahnhof	stesheni *6*	station	gare *f*
Werkstatt	banda *4*	garage	garage *m*
Fahrzeug, Auto	gari *4*	vehicle, car	voiture *f*
Straße	barabara	street	rue *f*
Reise	safari *6*	journey	voyage *m*

Lebewesen:

Tourist	msafiri *1*	tourist	touriste *f/m*
Weißer, Europäer	Mzungu *1*	Caucasian	personne blanche *f*
Afrikaner	Mwafrika *1*	African	Africain/e
Frau / Herr (Anrede)	bibi / bwana *4*	Miss / Mister	madame / monsieur
Frau / Mann	mwanamke / mwanamume *1*	woman / man	femme / homme
Ehefrau / Ehemann	mke / mume *1*	wife / husband	femme / mari
Mutter / Vater	mama / baba *5*	mother / father	mere /pere
Kind	mtoto *1*	child	enfant *f/m*
Mädchen / Junge	msichana *1* / kijana *3*	girl / boy	fille / garçon
Tochter /	mtoto wa	daughter / son	fille / fils

Sohn	kike/kiume 1		
Schwester / Bruder	dada / kaka, ndugu 6	sister / brother	sœur / frère
Mensch	mtu 1	human	homme m
Tier	mnyama 1	animal	animal m
Hund	mbwa 6	dog	chien m
Katze	paka 6	cat	chat m
Löwe	simba 6	lion	lion m
Vogel	ndege 6	bird	oiseau m
Huhn	kuku 6	chicken	poule f
Rind	ng'ombe 6	cow, beef	bœuf m
Pflanze	mmea 2	plant	plante f
Baum	mti 2	tree	arbre m

Essen und trinken:

Mahlzeit	chakula 3	meal	repas m
Brot	mkate 2	bread	pain m
typisches Gebäck	chapati		
fester Maisbrei	ugali		
Reis	wali	rice	riz m
Fleisch	nyama 6	meat	viande f
Fisch	samaki 6	fish	poisson m
Wasser	maji	water	eau f
Tee (üblich mit Milch)	chai	tea	thé m
Milch	maziwa	milk	lait m
Kaffee	kahawa	coffee	café m
Bier	bia 6	beer	bière f
Banane	ndizi 4	banana	banane f
Ananas	nanasi 4	pineapple	ananas m
Kokosnuss	nazi	coconut	noix de coco f

Zeiten:

Zeit	wakati, saa 6	time	temps m
Jahr	mwaka 2	year	an m, année f
Monat, Mond	mwezi 2	month	mois m
Woche	wiki 6, juma 4	week	semaine f
Tag	siku	day	jour m, journée f
Nacht	usiku 6	night	nuit f
Morgen	asubuhi	morning	matin m
Abend	jioni	evening	soir m, soirée f
Stunde	saa 6 (auch Uhr und Zeit)	hour	heure f
Beeilung	haraka 6	hurry	hâte f

Sonstiges:

Ding, Sache	kitu 3	thing	chose f
Buch	kitabu 3	book	livre m
Suaheli	Kiswahili	Swahili	swahili
Deutsch	Kijerumani	German	allemand m
Hilfe	msaada 6	help	secours m
Gefahr	hatari 6	danger	danger m
Frieden	amani	peace	paix f
Freiheit	uhuru	freedom	liberté f
Liebe	upendo	love	amour m
Kuss	busu 4	kiss	baiser m
Tanz	dansi 6	dance	danse f
Musik	musiki 6	music	musique f
Nachricht	habari 6	message	nouvelle f

5. Eigenschaftswörter / Adjektive

Adjektive sind stets nachgestellt und erhalten die Vorsilbe des Substantivs, auf das sie sich beziehen. Beispiel: watoto wadogo = kleine Kinder. In der französischen Spalte steht bei den nach Geschlecht variierenden Adjektiven zuerst die männliche Version.

gut / schlecht	zuri / baya	good/ bad	bien / mal
groß / klein	kubwa / dogo	big / small	grand, -e / petit, -e
reich / arm	tajiri / maskini	rich / poor	riche / pauvre
teuer / billig	ghali / rahisi	Expensive / cheap	cher, chère / bon marché
warm / kalt	joto / baridi	warm / cold	chaud, -e / froid, -e
richtig / falsch	sawasawa / baya	right / wrong	correct, -e / faux, fausse
schnell / langsam	epesi / polepole	fast / slow	vite, lent, -e
alt / jung (Mensch)	zee / a kijana	old / young	vieux, vieille / jeune
alt / neu (Sache)	a zamani / pya	old / new	vieux, vieille /nouveau, nouvelle
schön, hübsch	njema, mrembo	nice, beautiful	beau, belle
sicher, friedlich	salama	safe	fiable

6. Tätigkeitswörter / Verben

Die Vorsilbe ku signalisiert die Grundform / Infinitiv (wie im Englischen to) und wird im Satz nur in zur Eindeutigkeit angebrachten Fällen verwendet.

sein	kuwa	to be	être
haben	kuna	to have	avoir
geben	kupa	to give	donner
essen	kula	to eat	manger
schlafen	kulala	to sleep	dormir
tun	kufanya	to do	faire
arbeiten	kufanya kazi	to work	travailler
wohnen	kukaa	to live	habiter
kommen	kujaa	to come	venir
gehen	kwenda (Ausnahme)	to go	aller
mögen	kupenda	to like	aimer
sprechen	kusema	to speak	parler
können	kuweza	to can	pouvoir
spielen	kucheza	to play	jouer
lachen	kucheka	to laugh	rire
wollen	kutaka	to want	vouloir
sehen	kuona	to see	voir
warten	kungoja	to wait	attendre
lernen	kujifunza	to learn	apprendre
reisen	kusafiri	to travel	voyager
heißen	kuitwa	to be called	s'appeler
zahlen	kulipa	to pay	payer

7. Persönliche Fürwörter / Personalpronomen

In der Suaheli-Spalte der folgenden Tabelle finden wir jeweils drei Formen. Die erste ist die allgemeine Übersetzung, die als Subjekt jedoch nicht auftritt. Beispiel: Huyu ni **mimi**. = Das bin ich.

Die zweite Form ist das als Vorsilbe auftretende Subjekt in Sätzen mit dem Hilfsverb na (Form von Haben) als Prädikat. Beispiel: **Ni**napenda Kiswahili. = Ich mag Suaheli. Dies betrifft alle Sätze, in denen das Prädikat keine Form von Sein ist.

Die dritte Form tritt in der Verneinung auf. **Si** taki. = Ich will nicht. Im nächsten Punkt werden die Anwendung der drei Formen und der jeweilige Satzbau anhand von mehr Beispielen verdeutlicht.

ich	mimi, ni, si	me, I	moi, je
du	wewe, u, hu	you	toi, tu
er/sie/es	yeye,a, ha	he/ she / it	il / elle /on
wir	sisi, tu, hatu	we	nous
ihr	ninyi, m, ham	you	vous
sie	wao, wa, hawa	they	ils, elles

8. Aussagen

Die Grundstruktur lautet
Subjekt + na + Verbstamm + Objekt
oder Subjekt + ni + Objekt.
Die Vorsilbe ni für die erste Person Singular (ich) wird meistens
weggelassen, steht hier aber trotzdem zum besseren Verständnis
und sollte nicht mit der gleichnamigen Form von Sein verwech-
selt werden. In der Verneinung erhält das Prädikat eine i-Endung.

Ich bin, Du bist...	Mimi ni, Wewe ni...	I am, you are, he is, we are, you are, they are	Je suis, tu es, il est, nous sommes, vous ettes, ils sont
Ich will.	Ninataka.	I want.	Je veux.
Du willst.	Unataka.	You want.	Tu veux.
Er will.	Anataka.	He wants	Il veut
Ich will nicht.	Si taki.	He doesn't want.	Il ne veut pas.
Wir wollen nicht.	Hatu taki.	We don't want.	Nous ne voulons pas.
Ihr geht zur Schule.	Mnaenda shule.	You go to school.	Vous allez à l'école.
Ich kann nicht gut Suaheli sprechen.	Si wezi sema Kiswahili nzuri.	I can't speak Kiswahili very well.	Je ne peux pas parler le swahili très bien.
Ich habe...	Nina...	I have...	J'ai...
Ich habe kein...	Sina...	I don't have...	Je n'ai pas...
Du hast kein...	Huna...	You don't have...	Tu n'ai pas...
Ich bin nicht	Mimi si	I'm not	Je ne suis pas
Du bist nicht	Wewe si	You're not	Tu n'est pas
Der Junge spielt	Kijana nacheza.	The boy plays.	Le garçon joue.

9. Fragen

Entscheidungsfragen mit den Antwortmöglichkeiten ja oder nein haben die gleiche Satzstellung wie Aussagen. Sie unterscheiden sich nur durch die Satzzeichen bzw. die Betonung. Beispiel: Anaenda? = Geht er? Fragewörter stehen am Ende der Frage. Beispiel: Unafanya nini? = Was machst du?

was	nini	what	quoi
wer	nani	who	qui
wo	wapi	where	où
wann	lini	when	quand
welche	gani	which	quel, quelle
wie viel	ngapi	how much / many	combien
wie	kwa	how	comment
warum	kwa nini	why	pourquoi

10. Befehlsform / Imperativ

warte / wartet	ngoja / ngojeni	wait	attends /attendez
sieh /seht	ona / oneni	see	regarde/ regardez
komm / kommt	njoo / njooni	come	viens / venez
geh / geht	nenda / nendeni	go	va / allez

11. Vergangenheit und Zukunft

Die Zeitform wird durch das Hilfsverb gekennzeichnet, welches die Vergangenheits- oder Zukunftsform von haben li bzw. ta annimmt.

Ich war...	Nili kuwa...	I was.	J'ai été.
Ich werde... sein	Nita kuwa...	I will be	Je vais être
Ich wollte.	Nilitaka	I wanted	J'ai voulu.
Er kam.	Alijaa.	He came	Il est venu.
Wir gingen.	Tulienda.	We went	Nous sommes allé.
Wir gingen nicht.	Hatu enda	We didn't go.	Nous ne sommes pas allé.
Ich wollte nicht.	Si taka.	I didn't want.	Je n'ai pas voulu.
Ich werde lernen.	Nitajifunza	I will learn.	Je vais apprendre.
Du wirst arbeiten.	Utafanya kazi.	You will work.	Tu vas travailler.
Ich werde nicht lernen.	Sitajifunza	I won't learn.	Je ne vais pas apprendre.
Du wirst nicht arbeiten.	Hutafanya kazi.	You won't learn.	Tu ne vas pas travailler.

12. Besitzanzeigende Fürwörter / Possessivpronomen

Possessivpronomen werden nachgestellt und haben vom Haupt-wort abhängige Vorsilben. Beispiele: mtoto wangu = mein Kind, habari yangu = meine Nachricht

mein, dein, sein, unser, euer, ihr	angu, ako, ake, etu, enu, ao	my, your, his, our, your, their	mon, ton, son, notre, votre, leurs

13. Wörter anderer Wortarten

und	na	and	et
oder	au	or	ou
aber	lakini	but	mais
weil, denn	kwa sababu	because	parce que

dann	halafu	then	puis
nur	tu	just, only	seulement
noch	bado	still, yet	encore
bis	mpaka	until	jusque
dies(er,e,es)	hii (Dinge), huyu (Personen)	this	ce
hier	hapa	here	ici
jetzt	sasa	now	maintenant
später	baadaye	later	plus tard
morgen	kesho	tomorrow	demain
heute	leo	today	aujourd'hui
gestern	jana	yesterday	hier
morgens	asubuhi	in the morning	le matin
abends	jioni	in the evening	le soir

14. Weitere Ausdrücke und Straßensprache

In Kenia und insbesondere in den Slums ist eine Art Jugend-
sprache namens Sheng verbreitet. Die dazu gehörigen Wörter
sind in der Suahelispalte der folgenden Tabelle mit einem großen
S gekennzeichnet.

guten Tag	salama, habari	good afternoon	bonjour
hi	sasa *S*, mambo *S* Antwort: poa *S*, fit *S*	hi, what's up?	Salut
Was gibt es Neues?	Habari yako? (rhetorisch)	What's the news?	Quoi de nouveau?
Antwortmöglichk eiten	nzuri sana, nzuri, salama		
Wie geht es dir?	Hujambo? Anwort: Sijambo		

Wie geht es ihm?	Hajambo? Antwort: Hajambo		
Wie bitte?	Unasema nini?	Pardon?	Pardon?
Sag mal...	je	say	dis
Ich lerne noch.	Ninajifunza bado.	I'm still learning.	J'apprends encore.
Wie alt bist du?	Una miaka ngapi?	How old are you?	Tu as quelle âge?
Ich bin 30.	Nina miaka 30.	I'm 30.	J'ai 30 ans.
Wie spät ist es?	Saa ngapi?	What time is it?	Il est quelle heure?
17 Uhr	Saa 11 (-6, Tag beginnt bei Sonnenaufgang um 6)	5 o' clock, 5pm	5 heures
Was kostet das?	Hii ni ngapi?	How much is this?	C'est combien ça?
1000 Schilling	1000 shilingi, thau S		
500 Schilling	500 shiningi, punsh S		
10 Schilling	10 shilingi, 10 bob S		
Hau ab!	Nenda huko!	Fuck off!	Oust!
Idiot	juha	idiot	idiot
schlimme Beleidigung	mshenzi (wörtlich Barbar)	motherfucker	fils de pute
Ich will nicht	Si taki	I don't want	Je ne veux pas
Ich will	Nataka	I want	Je veux
Ich möchte...	Ninapenda...	I'd like..	Je voudrais
Ich liebe dich	Ninakupenda (sana)	I love you	Je t'aime
du und ich	wewe na mimi	you and me	toi et moi
Ich kann etwas Suaheli sprechen.	Ninaweza sema Kiswahili kidogo.	I can speak a bit of Swahili.	Je parle un peu de swahili.
Gute Reise	safari njema	Have a nice	Bon voyage.

		journey	
Gute Nacht	lala salama	good night	Bonne nuit
bis morgen	tuanane kesho	see you tomorrow	à demain
bis später	tuanane baadaye	see you later	à plus tard
Bis zum nächsten Mal	tuaunane mara ninginye	see you next time	à la fois prochaine

15. Zahlen und Sprachlerntipps

Eine Zahl wird auf Suaheli wie folgt ausgesprochen und geschrieben.

Tausender + Hunderter + Zehner + na + Einer

Beispiel: 8.236 = elfu nane mia mbili thelathini na sita

In der folgenden Tabelle bedeuten drei Punkte, dass die ausgelassenen Zahlen nach dem gleichen Muster wie zuvor aufgebaut sind. Dies kommt hier in den Suaheli- und Englisch-Spalten häufig vor, da es in der Französischen relativ viele Unregelmäßigkeiten gibt.

0	sifuri	zero	zéro
1	moja	one	un
2	mbili	two	deux
3	tatu	three	trois
4	nne	four	quatre
5	tano	five	cinq
6	sita	six	six
7	saba	seven	sept
8	nane	eight	huit
9	tisa	nine	neuf
10	kumi	ten	dix

11	kumi na moja	eleven	onze
12	...	twelve	douze
13		thirteen	treize
14		fourteen	quatorze
15		fifteen	quinze
16		sixteen	seize
17		seventeen	dix-sept
18		eighteen	dix-huit
19		nineteen	dix-neuf
20	ishirini	twenty	vingt
21	...	twenty-one	vingt et un
22		...	vingt-deux ...
30	thelathini	thirty	trente
40	arobaini	forty	quarante
50	hamsini	fifty	cinquante
60	sitini	sixty	soixante
70	sabini	seventy	soixante-dix
71	...	...	soixante-onze ...
80	themanini	eighty	quatre-vingt
81	...	...	quatre-vingt-un
90	tisini	ninety	quatre-vingt-dix
91	...	...	quatre-vingt-onze
100	mia moja	one hundred	cent
101	...	...	cent un
200	...	...	deux cents
1000	elfu moja	one thousand	mille
10 000	elfu kumi	ten thousand	dix mille
100 000	elfu mia	one hundred thousand	cent mille
1000 000	millioni	one million	un million

.

Dies sollte als Grundlage reichen, doch um eine Sprache vollständig zu lernen, reicht Theorie selbstverständlich nicht aus. Man sollte zudem auch eine praktische Anwendung haben, welche sich bei einer Reise in das betreffende Land mit Sicherheit finden lässt. Eine ebenfalls nützliche Methode eine Sprache zu lernen ist es sich Filme in dieser anzusehen, wobei die Auswahl in Swahili jedoch begrenzt ist.

Ansonsten kann natürlich auch selbstständig geübt werden auf Swahili Sätze zu bilden, sich vorzustellen oder andere Dinge zu beschreiben. Für das Hörverständnis müssten im Internet auch außer Filmen genügend Videos auf Swahili zu finden sein. An Romane in dieser Sprache sollte man sich nach diesem Crashkurs vielleicht noch nicht wagen, aber die folgende Novelle sollte als Einstieg hierzu dienen und inhaltlich für an Kenia Interessierte unterhaltsam sein.

Zweiter Teil

Vor der Reise

Negative Erfahrungen hatte Alis neue Freundin mit Wurzeln verglichen. Dem unterirdischen Gegensatz zu Ästen. Umso tiefer die Wurzeln desto höher die Äste hatte sie geschrieben. Ali selbst kam aus relativ begüterten Verhältnissen, doch ihm schien es als sei der Planet Erde und vielleicht sogar das ganze Universum die dunkle Unterwelt der Wurzeln und irgendwo anders seien die himmlischen Blüten des Positiven zu sehen. Oder aber, dachte Ali, er kannte die Tiefe seiner Wurzeln nicht ausreichend, um die Höhe der Äste schätzen zu wissen.

Ali Mti lebte an der Westküste der USA. Sein Großvater war aus Mombasa, der zweitgrößten Stadt der damaligen Kolonie Kenia, hergezogen und hatte eine weiße Frau geheiratet. Seine Familie war muslimisch, doch Ali strebte nach Individualität. Vorübergehend hatte er sich allerdings der Gruppierung der Rastafari mit dem Glauben an die Rückkehr der Afroamerikaner in die Heimat angeschlossen. Von der Szene distanzierte Ali sich jedoch wieder, nachdem er aufgrund von Cannabiskonsum psychische Probleme erlitt und seinen Job in der Werbebranche sowie seine Freundin verloren hatte. Auf einer internationalen Singlebörse im Internet lernte er dann die besagte, neue Freundin kennen. Die junge Frau namens Jane war so außergewöhnlich schön wie geheimnisvoll und beeindruckte ihn mit Sprüchen wie diesem Wurzelgleichnis, welches sie von einem indischen Philosophen übernommen hatte. Jane lebte in Kenia und Ali plante dort einen Neuanfang.

Nun, im Januar 2017 saß der 27-jährige mit seinem besten Freund John am kalifornischen Strand und blickte in Richtung des fernen Ufers, wo er sich in zwei Tagen befinden würde. In Ostafrika. Sein bester Freund war jedoch nicht gerade begeistert von dieser Idee.

John: Wenn du auswandern willst, warum nicht nach Kanada? Da hast du nicht so einen großen Kulturschock und in diesem Jahr sind dort viele Events, weil die 150. feiern. Alle Nationalparks sind zum Beispiel umsonst. Deine Jane kannst du ja auch dahin mitnehmen. So kannst du dir sicher sein, dass sie keine Falle ist.

Ali: Mein Plan steht fest und ein bisschen Nervenkitzel gehört dazu, aber auf der Internetseite wird man vor allen Risiken gewarnt. Man soll nie Geld an Leute schicken, die man dort kennen lernt, man soll sich an öffentlichen Plätzen treffen, Freunde und Familie informieren, wo man sich aufhält und so weiter. Also mach dir keine Sorgen um mich oder komm mit, wenn schon aus meiner Familie niemand mitkommen will.
Bei der aktuellen politischen Lage sollte man hier vielleicht abhauen, bevor es zu spät ist. Und auch, wenn ich mir den sogenannten Fortschritt mit künstlicher Intelligenz, Überwachung und in Personen implantierten Mikrochips ansehe, ist es nur eine Frage der Zeit bis es hier aussieht wie in Terminator.

John: Du glaubst doch nicht, dass die Zustände in der Dritten Welt besser sind oder? Naja für einen farbigen Moslem wie dich vielleicht, aber wenn du weiß bist, sehen sie da nur Geld und das bist du schneller los als du 'Nein' sagen kannst. Ich war im Sudan stationiert. Ich weiß, wovon ich rede und das hat mir gereicht. Jetzt hab ich hier meinen Job, sorry. Und Afrika ist auch nicht meine Heimat.

Ali: Ursprünglich kommen alle Menschen aus Afrika. Wusstest du das nicht?

John: Jetzt komm mir nicht mit Evolution. Ich bin Christ. Außerdem hätte ich keine Lust auf die dortigen Krankheiten.
Ali: Jane hat mir etwas Interessantes über Angst erzählt und jetzt sind mir Dinge wie Krankheiten völlig egal. Ich kann das leider

nicht so gut formulieren wie sie. Muss ich nochmal nachlesen.

John: Und diese Wunderfrau hat dir da einen Job besorgt ja?

Ali: Naja, ich fange mit Volunteering an. Sie ist Lehrerin und hat mir eine Schule für Kranke und Waisenkinder empfohlen. Wenn ich erstmal ein paar Beziehungen geknüpft habe, wird es wohl einfacher etwas Langfristiges zu finden. Das läuft da anscheinend viel über Beziehungen... und Bestechung.

John: Na herzlichen Glückwunsch. Aber im Ernst du kannst dich jederzeit bei mir melden und notfalls hol ich dich da raus.

Ali: Danke.

John: Und vergiss nicht Sonnencreme einzupacken. Und speicher am besten die Nummer der US-Botschaft auf deinem Handy, falls du in Schwierigkeiten gerätst.

Ali: Ja ja, man kann sich nicht auf alles vorbereiten. Vergiss du lieber nicht, dass ein bisschen Nervenkitzel sein muss. Wichtig ist für mich nur meine Gitarre im Gepäck.

Im nächsten Monat bereute John seinen rafiki nicht begleitet zu haben.

Der Flug

Ali trug einen der häufigsten Vornamen der dunia, war eines von sieben Kindern in seiner Familie und wurde nicht selten in die mit Klischees behaftete Schublade der Farbigen gesteckt. Deshalb strebte er nach Individualität. Ali Mti wollte nicht typisch sein und gegen den Strom schwimmen.

Die Mehrheit muss nicht immer recht haben dachte er schon im Hinblick auf den demokratisch gewählten Präsidenten. Die Mehrheit hat auch geglaubt, dass sich die Sonne um die Erde dreht bis Nikolaus Kopernikus das Gegenteil herausfand. In einer Natursendung hatte Ali einmal einen riesigen Haufen Ameisen gesehen, die ziellos im Kreis wanderten, weil sie blind waren und jede einzelne dem Geruch des Vorgängers folgte. Vielleicht war es mit watu ähnlich, ohne dass sie es wussten, so überlegte der Entdecker.

Nun rollte das Flugzeug auf die Startbahn des LAX. Ohne viel Gepäck und nicht sonderlich vorbereitet saß Ali entspannt zwischen einem Zwei-Meter-Mann, dessen Haut nicht dunkler hätte sein können und einer Mwislamu mit einem Kopftuch. Es war vielleicht verrückt so weit zu fliegen, um eine Person zu treffen, die man erst vor ein paar Wochen im Internet kennen gelernt hatte, aber aus Alis Sicht war die ganze dunia verrückt. Es war ohnehin zu spät für einen Rückzieher. Der mwanamume hatte fast sein gesamtes Hab und Gut verkauft, um sich diesen Neuanfang zu ermöglichen. Das größte Abenteuer seines Lebens sollte beginnen.

Ali hatte keine Verwandten mehr in Afrika und flog zum ersten Mal auf diesen Kontinent. Seit er als Kind *König der Löwen* im Kino gesehen hatte, war dies sein Traum gewesen. Labda würde er sich den Film, während des Fluges erneut ansehen, um seine Afrika-Stimmung zu unterstreichen. Die Triebwerke des ndege heulten auf und lösten einen kribbelnden Strom von Endorphinen in ihm aus. Während das Flugzeug beschleunigte, setzte Ali seine Kopfhörer auf und durchsuchte das Entertainment-Programm. Das ndege hob ab und aus den Kopfhörern ertönte der Achtziger-Jahre-Hit Africa von Toto. Ali fühlte sich wie von Vorfreude beflügelt.

Nach einer Weile versuchte die Mwislamu neben ihm zu schlafen, was Ali jedoch mehr wie ein Vorwand vorkam ihm Stück für

Stück näher zu kommen bis ihr Kopf auf seiner Schulter lag. Von einer Kopftuchträgerin hätte er eine solche Aufdringlichkeit nicht erwartet, aber sie war eben auch nur ein mtu. Ali erinnerte sich an einen von Johns Ratschlägen: "Bei einem Blind Date mit langer Anreise kommst du womöglich nicht da an, wo du eigentlich hin wolltest, weil du auf dem Weg eine Andere kennen lernst. Also versuch nicht von deinem Weg abzukommen." So war es John nämlich einmal auf dem Weg nach New York ergangen, doch Ali würde aus Johns Fehler lernen. Gerade wollte er seine Nachbarin mit einem rhetorischen Husten darauf aufmerksam machen, dass er nicht an ihr interessiert war, da begann das ndege zu wackeln.

Das ndege wurde regelrecht durchgeschüttelt als sei es von einer gigantischen Welle erfasst worden. Es dauerte erschütternd lange zwei Sekunden, dann kam die Maschine wieder unter Kontrolle, um nach wenigen Augenblicken noch heftiger geschüttelt zu werden. Der Schrei einer Passagierin war zu hören. Ali rechnete damit, dass seine Sitznachbarin sich an ihm festhalten und womöglich noch weitergehen würde, aber stattdessen betete sie.

Die Turbulenz war intensiv, aber schnell verflogen. Ali hörte, dass hinter ihm jemand einen Whisky bestellte und auch er selbst hatte mit der Angst zu kämpfen, von der er geglaubt hatte sie durch Janes habari losgeworden zu sein. Aus seiner Hosentasche holte er die ausgedruckte Nachricht über Angst heraus, von der er John erzählt hatte. Ali hatte kein shida damit sich von einer Frau sagen zu lassen er solle keine hofu haben und die habari beruhigte ihn auf sehr eigenartige Weise.

"Wann immer du auf dem Weg Angst haben solltest, denk an diese Nachricht, denn ich bin überzeugt, dass sie dir helfen wird. Deine hofu wird dir hingegen nicht helfen. Du kannst sie vielleicht durch Vorsicht ersetzen, aber lass dich nicht einschüchtern. Sei frei, nicht paranoid.

Du hast gesagt dein altes Leben gefalle dir nicht und du suchst nach einem Ausweg. Du denkst, die ganze dunia ist verrückt, aber ist es nicht wahrscheinlicher, dass nur du verrückt bist? Was machst du gerade? Du handelst nach programmierten Denkmustern. Du lässt dich von deinem Verstand lenken. Er kann dich aber nicht richtig lenken, denn er ist offensichtlich krank. Das Problem ist, du denkst, dass deine kranke Welt echt ist. Du glaubst, dass viele Menschen sinnlos sterben, dass die Menschheit nie lernt friedlich zu leben, dass du alt und hässlich wirst und anschließend stirbst. Schwachsinn! Körper sind ab jetzt nicht mehr real genauso wenig wie Raum und Zeit. Du befindest dich jetzt in einer neuen Dimension. Du bist auf dem Weg, den du immer gesucht hast.

Was es wirklich gibt, nenne ich Informationen und Wahrnehmung. Du bist die Wahrnehmung und interpretierst die Informationen mit deinem Geist. Dir muss klar sein, dass die Interpretation etwas Subjektives und keine Tatsache ist. Woher weißt du, dass du einen Körper hast? Dein akili interpretiert die Informationen so, denn er interpretiert jede Information. Du siehst gerade schwarze Striche auf weißem Hintergrund und der akili ordnet ihnen eine Bedeutung zu. Er zeigt dir, was du sehen willst. Er versucht das Beste aus den neutralen Informationen zu machen, hält dich aber auch gefangen.

Er sagt zum Beispiel 'Diese Information ist Angst und du musst Alkohol konsumieren, um sie zu lindern.' Wenn dich die Interpretation glücklich macht, ist der Geist gesund. Wenn du dich dadurch schlecht fühlst, scheint er wohl krank zu sein. Du brauchst aber auch negative Interpretationen, um dich insgesamt gut zu fühlen. Verschließe dich nicht vor dem Negativen sonst wird es schlimmer. Stelle dich diesen Interpretationen, bereit den Preis für die Wahrheit zu zahlen, und du wirst erkennen, dass es eigentlich nichts Negatives gibt. Im Fall der hofu kannst du auf deinen akili hören und alles noch schlimmer machen, indem du ihm mehr Macht über dich gibst oder du stellst dich der hofu.

Wisse, dass du nie sterben kannst. Wie solltest du, wenn du keinen Körper hast und auch Zeit nur eine Illusion ist? Sie ist nur eine imaginäre Dimension. Nicht die, in der du lebst. Du lebst nicht kesho. Es ist immer heute, immer jetzt und das Leben, von dem du glaubst es sei deine Vergangenheit, existiert auch nur in deinem Geist und ist nie passiert. Nicht in dieser Dimension. Die Gegenwart ist unendlich. Du wirst nicht sterben, nicht verletzt und brauchst keine Angst, die dich gefangen hält. Du brauchst nur das richtige Verständnis und Bewusstsein. Es gibt keine Probleme, nur die Interpretation es gäbe sie. Hakuna Matata."

Die junge Lehrerin namens Jane war definitiv nicht normal, aber genau diese Einzigartigkeit faszinierte Ali an ihr. Er sah sich die Bilder von ihr an, die er zusammen mit der esoterischen Nachricht ausgedruckt hatte. Als er Jane in der virtuellen Welt kennen gelernt hatte, besaß das Profil der mysteriösen mwanamke, die ungewohnt großes Interesse an ihm zeigte, noch kein Bild. Später schickte sie ihm jedoch drei ziemlich verschiedene, die sie auf nostalgische Weise in einer Kombination aus heiß, fremdartig und unschuldig abbildeten.

Beruhigt verbrachte Ali den Rest des Fluges damit zu schlafen und sich Filme anzusehen. Ihm kam noch der Gedanke, er hätte sich einen Reiseführer oder ein Sprachbuch für den Flug zulegen können, aber er hatte ja Jane. In den folgenden Wochen würde er sich noch einige Male fragen, was geschehen wäre, wenn seine Sitznachbarin ihn von diesem Weg abgelenkt hätte. Sie unternahm übrigens keinen weiteren Annäherungsversuch mehr, aber betete noch mehrere Male. Kurze Zeit nachdem Ali auf dem unbekannten Kontinent landete, folgte eine weitere Herausforderung der Angst.

Highway to hell

Es war usiku um 3:30 am Freitag, dem 27. Januar 2017 als Ali den Boden seiner Vorfahren zum ersten Mal betrat. Er fand es praktisch, dass man den Visumsantrag im Flugzeug ausfüllte. Unpraktisch, dass man keinen Stift dafür bekam genauso wenig wie beim Ausfüllen eines zusätzlichen Formulars kurz vor der Visakontrolle. Ali schien der einzige zu sein, der warten musste bis jemand Zeit hatte ihm seinen Stift zu leihen. Dies hatte zur Folge, dass er als letzter in der Schlange von 150 Passagieren anstand. Ein Mitarbeiter des Kibera Children Center, wo Ali am Montag als Assistenzlehrer zu arbeiten beginnen würde, sollte ihn vom Flughafen abholen und Ali fühlte sich veranlasst ihm mitzuteilen, dass es länger dauerte.

Er stellte fest, dass es ihm schwer fiel den kenianischen Akzent am Telefon zu verstehen. Zum Beispiel verstand er jedes Mal seinen Namen, wenn der Mitarbeiter wiederholte er sei nicht zu spät sondern zu früh, also early. Daraufhin stellte sich heraus, dass es ein Missverständnis gab, denn Ali hatte ihm den anderen der zwei Flughäfen in Nairobi genannt. Er schlug zunächst vor selbst ein Taxi vom Flughafen Jomo Kenyatta zum kleineren Wilson Airport zu nehmen, dann änderte er seine Meinung. Er würde am Sonntagabend nach Kibera kommen und nun direkt zu Jane fahren, die in Naivasha - nicht weit entfernt von der Hauptstadt - wohnte. Sie hatte gesagt bei Dunkelheit gehe sie dort nicht vor die Tür, aber es war mittlerweile fünf Uhr und bis er bei ihr sein würde, wäre es hell. Er schrieb ihr eine habari und nahm ein Taxi nach Naivasha, um das Wochenende auszunutzen, was Jane angenehm überraschen würde.

Im Taxi fuhr er auf eine barabara, die vom Industriegebiet an der Küste bis nach Uganda führte und von vielen LKWs befahren wurde. Dadurch, dass es sich um eine der unfallreichsten Straßen der Welt handelte, war diese auch als "Killerroad" bekannt erklärte der Fahrer namens Andrew. Etwas stolzer erzählte er vom Rift Valley, einer riesigen Schlucht zu ihrer Linken, die in der Dunkelheit leider kaum zu erkennen war. Dazu sagte er, dass die Erdkruste in dieser Region besonders dünn sei und daher rühre auch der Name eines National Parks in Naivasha, der sich Hell's Gate nannte. Ali kam das Lied *Highway to hell* in den Sinn und er vergegenwärtigte sich das Gleichnis der unterirdischen Wurzeln.

Bei einem gewagten Überholmanöver kam direkt vor ihnen ein Wagen von der Fahrbahn ab. Um Haaresbreite wurde er von einem entgegenkommenden LKW verfehlt und kam Zentimeter vom Abgrund der Schlucht entfernt zum Stehen. Andrew lisema: "Man muss sich nicht wundern, wenn man seinen Führerschein an einem Tag machen kann. Eigentlich kannst du hier jedes Zeugnis oder Dokument einfach gefälscht kaufen. Ich könnte dir auch eine Arbeitsgenehmigung besorgen, wenn du willst." - "Mal sehen. Gibt es vielleicht einen anderen Weg nach Naivasha?" Der Fahrer grinste. - "Ja. Hakuna Matata." und bog bei der nächsten Gelegenheit ab.

Nach einer Weile sagte Andrew: „Wir brauchen ein neues Fahrzeug". Ali hatte den Verdacht er habe vor ihn zu entführen und würde mit einem anderen gari nicht so leicht gefunden. Sie hielten in einer verlassenen Gegend bei ein paar marafiki oder Kollegen des Fahrers. Dieser stieg aus und ging zu den anderen. Den Autoschlüssel des Toyota hatte er im Schloss gelassen und Ali dachte darüber nach einfach davonzufahren. Dann klopfte Andrew an seiner Scheibe, öffnete die Tür und sagte: "Alles klar, wir können den anderen Wagen nehmen."

Sie entfernten sich mit dem neuen gari immer weiter von der Hauptstadt und Andrew versicherte es sei der Weg nach Naivasha. Die Zeit verging. Ali hatte schon seit einer halben Stunde keine Häuser oder andere watu gesehen und sein Handy hatte schon lange keinen empfang mehr. Er war jetzt fest davon überzeugt

Opfer einer Entführung zu sein. Andrew würde labda bald anhalten, eine Waffe hervor holen, ihn ausrauben, umbringen und irgendwo verscharren, wo er nie gefunden werden würde. Die Umgebung wirkte in der Dunkelheit wie eine Art Wüstenlandschaft und Alis Plan war es nun Andrew möglichst unerwartet und schnell während der Fahrt k.o. zu schlagen, das gari von der barabara abzulenken und nicht weiter zu fahren ohne noch einen Umweg über den am Boden liegenden Taxifahrer zu machen. Chuki stieg in ihm auf, doch dann kam ihm eine andere Idee.

Andrew hatte zuvor erzählt, wie schwer es sei seine Familie zu ernähren. Ali fragte: "Warum versucht ihr nicht nach Amerika auszuwandern? Ich könnte euch dabei helfen, aber natürlich nur, wenn ich da ankomme, wo ich hin will." Der Fahrer wirkte positiv überrascht, gab Ali seine Nummer und fuhr auf Naivasha zu.

Es war nun sieben Uhr morgens. Die Sonne ging auf und Ali entdeckte die paradiesische Seite Afrikas in dessen Landschaft und fremder Lebensweise. Er nahm sein Handy hervor und sah Janes Mitteilung, die mit einem Smiley verziert anzeigte, wo sie auf ihn wartete. Jane hatte noch hinzugefügt er solle ein Taxi nehmen und keinen Bus oder Shuttle, da dort die Gefahr von Überfällen oder Entführungen bestehe. Im Taxi sei er sicher, doch um keinen viel zu hohen Preis zu zahlen gebe es bei der Ankunft am Flughafen ein Büro, worauf man direkt zu gehe. Dort würde ein vorher feststehender Preis gezahlt. Ali war zwar froh, dass er Andrew nicht angegriffen hatte, doch am Ende der zweistündigen Fahrt war er die Hälfte seines Geldes los und meldete sich nicht mehr bei dem Fahrer.

Schon als er Janes Bilder zum ersten Mal gesehen hatte, verspürte Ali upendo auf den ersten Blick und konnte kaum glauben, dass diese Person wirklich so aussah. Nun sah er diese echte, exotische Schönheit in der aufgehenden Sonne Afrikas und spürte das verzaubernde Kribbeln seiner Glückshormone nun wie einen Tornado im Herzen. Dennoch fiel ihm sofort auf, dass sie ihn in einem Punkt angelogen hatte.

Verliebt in Afrika

Das Kennenlernen im Internet war zwar nicht die romantischste Art, aber die Suche nach dem passenden Partner schien dort im Allgemeinen leichter zu sein. Vorausgesetzt natürlich, dass die andere Person war, wer sie zu sein vorgab. Jane war bewusst geheimnisvoll. Sie zeigte sich sehr interessiert an Ali und seiner Vergangenheit, doch über sich selbst hatte sie nicht viel preisgegeben. Dennoch hatte sie es irgendwie geschafft den nicht unbedingt dämlichen Erwachsenen dazu zu bringen tausende Kilometer für eine Unbekannte zu reisen und sein altes Leben aufzugeben.

Die mwanamke mrembo sana hatte erzählt sie gehöre dem Stamm Kikuyu an, komme aber nicht aus Kenia und hatte auch ihre Herkunft geheim gehalten. Sie sei Lehrerin für Französisch, Englisch und Geschichte, wozu eines ihrer Bilder passte. Mit ihrer hochgesteckten Frisur, der mit lackierten Fingernägeln gehaltenen Brille, den vollen Lippen, dem Jackett über ihrem üppigen Busen, dem Mini-Rock und High-Heels wirkte es als hätte Jane das Foto eines Models in Gestalt einer sexy Lehrerin verwendet. Die mwanamke auf dem Foto war tatsächlich Jane, die ihm jetzt gegenüber stand, doch anscheinend hatte sie das Bild bearbeitet.

Zur Begrüßung umarmten sich die einander Ersehnten ohne jede haraka. Sie schien die Berührung seiner muskulösen Statur zu genießen wie er die der an ihn gepressten, opulenten Brüste. Jane war anders als alle Frauen, die er zuvor kennen gelernt hatte und entsprach genau dem, wonach er gesucht hatte, bis auf diese

offensichtliche Lüge. Nach einem Smalltalk über die Anreise begaben sie sich in ein Café, wo Ali sie darauf ansprach.
- Und du bist 24 ja?
- Nein 42, ich hab doch nicht 24 geschrieben oder?
- Doch und jetzt ist mir auch klar, kwa nini deine Bilder so nostalgisch aussahen. Sind wohl nicht die Neusten.
- Tut mir leid. Mimi ni eben in vielerlei Hinsicht untypisch und habe wohl ein Klischee umgedreht. Wenn Afrikanerinnen im Internet einen mwanamume suchen, dann landen sie oft bei einem alten, reichen Mzungu. Auch nicht selten sind Wazungu vorübergehend beruflich hier und suchen für die Zeit etwas zum Vögeln, das nicht HIV infiziert ist wie die meisten Prostituierten hier. Darauf würde ich mich nie einlassen und ich bin wirklich froh jemanden wie dich gefunden zu haben. Manchmal werden Männer auch über solche Singlebörsen in verschiedene Fallen gelockt und nur ihr Geld los, aber dieses Klischee erfülle ich auch nicht.
- Ja, es hätte wohl schlimmer sein können. Zumindest hast du dich nicht als Mann herausgestellt.
- Nein und ich war auch noch nie einer. Aber es tut mir wirklich leid und auch wenn du nicht mehr an mir interessiert sein solltest, kann ich dir versprechen, dass du nicht umsonst hergekommen bist. Ich habe doch erzählt, dass es mein Traum ist Schriftstellerin zu werden oder?
- Eine "junge Schriftstellerin" ja.
- Nun ich bin auf etwas gestoßen, was die Menschen garantiert interessieren wird. Ohne übertreiben zu wollen, kann ich versichern, dass es das größte Geheimnis der Menschheit ist. Wenn du willst werde ich es dir als Erstem verraten. Ich bin noch nicht fertig mit meinem Manuskript, lakini ich würde dich mit 50% am Gewinn beteiligen, wenn du es vor der Veröffentlichung mit deinen Marketingkenntnissen bewirbst.
- Ehrlich gesagt glaube ich nicht, dass ich dir vertrauen kann. Worum geht es denn in dem kitabu?

- Kein Problem, ich erwarte auch noch nicht, dass du mir vertraust. Das kitabu behandelt das Böse im Menschen. Es ist eine Art Kurzgeschichtensammlung verschiedener Arten des Bösen, wobei diese Kraft aus meiner Sicht nur eine Illusion ist. Als Geschichtslehrerin kenne ich aber die grausamen Vergangenheiten aller Herrenländer und habe natürlich auch eigene Erfahrungen gemacht. Dann bin ich auf die Ursache - dieses größte Geheimnis des Planeten Erde - gestoßen, zum Ursprung der Menschheit gereist und fand den Beweis.

- Na jetzt bin ich aber gespannt auf dieses Geheimnis, das zufällig eine Person kennt, die sich mit jemandem wie mir trifft.

- Da du mir jetzt schon nicht glaubst, schlage ich vor wir fahren zusammen dorthin, damit du es mit eigenen Augen siehst.

- Und wo wäre das? Warum zeigst du mir kein Foto von diesem Beweis?

- Dann fehlte der Überraschungseffekt und es ist authentischer und eindrucksvoller, wenn du es mit eigenen Augen siehst. Es ist in Nakuru, ungefähr siebzig Kilometer von hier.

- Also ich bin gerade erst aus Amerika angekommen, vielleicht nächstes Wochenende. Aber verrat es doch schon mal. Stammen wir aus der Unterwelt oder so?

- Nein. Ich würde es dir verraten, wenn es nicht noch weitaus seltsamer wäre. Warte noch die eine Woche. In der Zeit kannst du das bisherige Manuskript lesen, wenn du willst.

- Na gut und was liegt an diesem Wochenende an?

Jane führte den baya Vorbereiteten in ihre Wohnung und er schlief ein paar Stunden. Am Mittag zeigte sie ihm den Naivashasee, wo er für sie auf der Gitarre spielte. Anschließend ließen sie sich von einem Matatu zurück nach Nairobi bringen und nahmen sich ein Hotelzimmer im Stadtzentrum. Das kostenlose W-LAN nutzten sie, um sich einen Liebesfilm anzusehen, worin ein Zeitreisender sich in eine Frau eines früheren Zeitalters verliebte. Später küssten Jane und Ali sich dann in einem Nachtclub zum ersten Mal.

Nach seiner anfänglichen Unsicherheit konnte Ali nun die junge Jane in der Frau sehen und das Alter war kein Hindernis mehr für seine frische upendo. Er fand Gefallen an dieser neuen Erfahrung und ihre leicht faltigen Hände weckten sogar erotische Fantasien in ihm sowie ihre dem Altersunterschied mitschwingende Dominanz. Anders als John hatte Ali keine Angst, dies könnte eine Falle sein, bei der er all sein Geld loswerden würde. Womöglich lag es an der Grundeinstellung mit der er nach Afrika gereist war. Und zwar zu geben ohne etwas dafür zu verlangen.

In den Straßen Nairobis, konnte Ali nun jedoch bestätigen, was John ihm darüber gesagt hatte Geld loszuwerden und schätzte sich noch glücklich, dass er ein mwanamume und halbwegs farbig war. Offenbar wirkte er aber nicht wie ein Einheimischer, da er etwa alle hundert Meter nach Geld gefragt wurde. Dennoch machte Ali sich keine Sorgen und fühlte sich schon beinahe Zuhause. Er war in zweierlei Hinsicht verliebt in Afrika.

Schwarz sehen

Nachdem Ali am Sonntagmorgen etwas verkatert aufgewacht war, stärkte er sich mit Tee und chapati. Jane suchte in einem Gespräch Inspiration für den Rest ihres Manuskripts und fragte Ali, was für ihn das Böse bedeute. Hierzu fiel ihm einiges ein:

- Ich persönlich habe die schlimmsten Erfahrungen mit Drogen gemacht und ich glaube Sucht im Allgemeinen hat kubwa Auswirkungen auf Bosheit. Hitler wurde durch Drogen zum Unmenschen und auch seine Soldaten waren auf Speed. Und vielleicht kennst du auch den realen Hintergrund der fiktiven Figuren namens 'Zombies'. Es ist übrigens ein afrikanisches Wort für diesen Aberglauben von seelenlosen, wandelnden Toten. In den Zwanzigerjahren wurden die afroamerikanischen Sklaven in

Haiti mithilfe einer pflanzlichen Droge in einen scheintoten Zustand versetzt, der es ihnen erlaubte zu arbeiten. Und wie du weißt, hat Drogenkonsum mich mit Wahnvorstellungen und Halluzinationen in die Klapsmühle gebracht.

Andere Erfahrungen, die ich in Amerika mit Bosheit gemacht habe, haben hauptsächlich mit Rassismus zu tun. Mir fällt auch an mir selbst auf, dass man bei der Begegnung mit etwas Fremdem dazu neigt seine Erfahrungen zu verallgemeinern, ob man es will oder nicht. So entsteht meines Erachtens Rassismus. Ich würde sagen in unserer vielschichtigen Welt kann man abhängig von der Fähigkeit zu argumentieren für fast jede Meinung genug Gründe finden. Weshalb man aber eine bestimmte Meinung hat, für die man Argumente zum Überzeugen sucht, hat andere Ursachen. Man sieht, was man sehen will und manchmal sucht die Psyche einen Feind, um etwas zu kompensieren. Ich glaube, wenn einem dies bewusst ist, fällt es leichter die positiven Seiten des Unbekannten zu sehen.
Was mir besonders gefällt, ist die Erfahrung der Gemeinsamkeiten mit watu, die sehr verschieden wirken. Das Leben braucht Gegensätze, aber sie hängen zusammen wie alles in der Welt und könnten ohne einander nicht existieren. Schwarz und weiß genau so wenig wie Mann und Frau.
- Wow, das klingt gut. Und bei Zombies fallen mir weitere, düstere Rituale ein. Nigeria ist in Afrika zum Beispiel bekannt für schwarze Magie, aber das kommt hauptsächlich durch deren 'Nollywood-Filme'. Als ich da war, ist mir das halb so wild vorgekommen. Ich nehme mal an in den USA ist auch nicht alles wie in euren Filmen.
- Nicht wirklich. Kommst du aus Nigeria?
- Hapana, ich verrate dir nächstes Wochenende, woher ich komme mein Schatz.

Kibera

Am Montag begann Ali seine kazi im zweitgrößten Slum Afrikas namens Kibera. Janes Beschreibung zufolge handelte es sich um einen der dunkelsten Winkel der Erde im Schatten des Kapitalismus und bewohnt von unzähligen Seelen inmitten von Armut, Kriminalität und Krankheiten. Eine typische Familie von sieben Mitgliedern lebe dort in einer 15 Quadratmeter großen Lehmhütte, was bei den regelmäßigen, starken Regenfällen problematisch sei. Viele von ihnen könnten sich lebensnotwendige Dinge wie ausreichende Nahrung, medizinische Versorgung oder Bildung nicht leisten. Oft würden sich Eltern auf die Suche nach Arbeit machen und ihre Kinder zurücklassen, welche die Verzweiflung zu Drogen- und Alkoholsucht, Kriminalität oder Prostitution führe.

Das von Jane empfohlene Kibera Children Center war eine Einrichtung, die dem entgegenwirken sollte. Eine durch Spendengelder finanzierte Privatschule für Kinder ohne Eltern, jene deren Eltern sich den Besuch ihres Kindes an einer staatlichen Schule nicht leisten können sowie Kranke. Medizinische Versorgung, Nahrung und Bildung seien hier für alle Schülerinnen und Schüler gewährleistet. Später erfuhr Ali jedoch von dem mit seinem Beruf unzufriedenen Hausmeister, dass sogar hinter den Vorhängen mancher solcher Institutionen Betrug vorging und das meiste Geld an ohnehin reiche Geschäftsmänner ging. Es sei der gleiche Vorgang wie in der Politik. Dennoch brauchten die watoto Hilfe.

Merkwürdigerweise fühlte Ali sich in Kibera wohler als in der Innenstadt Nairobis und die freiwillige kazi in der shule gefiel ihm besser als erwartet. Es war die Freude am reinen Geben ohne eine Gegenleistung zu verlangen, aber auch die herzliche Dankbarkeit der watoto. Auffällig war ebenfalls der größere

Respekt, den die wanafunzi vor ihrem Lehrer und Erwachsenen im Allgemeinen hatten.

Es war der bereicherndste Job, den Ali je ausgeübt hatte, obwohl er nicht dafür bezahlt wurde. Da es sich um freiwillige Arbeit handelte, wurde nicht viel von ihm verlangt und er hatte viel uhuru in seiner kazi als Assistenzlehrer. So entdeckte er beispielsweise die wirksamste Methode für sich eine Gruppe von Kindern zu amüsieren darin ein Lied mit ihnen zu singen, das leise anfing und mit jeder Strophe lauter wurde. Erschreckend fand er jedoch, dass der Versuch Gitarre spielen beizubringen bei einem mtoto sinnlos war, da sein Vater ihm die rechte Hand abgehackt hatte.

Die freiwilligen Helfer wie er arbeiteten in verschiedenen Bereichen wie Medizin, Handwerk oder in der Küche und nutzten dies als Auslandspraktikum. Sie kamen aus verschiedenen Ländern wie China, Kanada, England, Frankreich oder Deutschland und wohnten zusammen in einem Boardinghaus, welches das komfortabelste nyumba in ganz Kibera zu sein schien. Nachdem Ali jedoch leichtsinnigerweise das ungefilterte Leitungswasser getrunken hatte, kam er mit einer üblen Magenverstimmung noch gut davon. So verbrachte er den Mittwoch krank im Boardinghaus und las das Manuskript seiner neuen Freundin.

Janes Buch

Das Werk trug den Titel "Gesichter des Teufels" und sollte unter dem Pseudonym "S.M.R." erscheinen. Es begann mit einer Einleitung zum Hauptthema: das Böse. Es sei die Ursache und der Inbegriff für moralisch falsch bewertete Handlungen, eine Grundkraft und der Gegensatz zum Guten, der vor allem in Religion, Philosophie und Dramaturgie Bedeutung finde. Aus psychologischer Sicht sei es von den Genen und der Vergangenheit einer Person abhängig. Natürlich gebe es aber verschiedene Auffassungen und Theorien zu diesem Begriff.

Im Gegensatz zur Ansicht des Philosophen Kant sei nach Rousseau der Mensch von Geburt an gut und erst die Gemeinschaft mache ihn böse. Leibniz teilte das Böse in verschiedene Kategorien ein und auch in Janes Buch wurden nach der Einleitung verschiedene Arten des Bösen in Kurzgeschichten veranschaulicht. Hierbei wurde eine gewagte Theorie, basierend auf der Roussaus aufgestellt. Und zwar seien weibliche Menschen von Geburt an gut und erst das andere Geschlecht übertrage Bosheit auf sie. Rätselhaft fand Ali, dass viele Fremdwörter in den Text eingestreut worden waren wie ein Code oder ein Puzzle.

Eine andere der Kurzgeschichten handelte von Gier und wie auch bei Janes E-Mails hatte der Text eine erleuchtende Wirkung auf Ali. Ihm wurde klar, dass pesa nur deswegen existierte, weil es Menschen an Nächstenliebe und der Fähigkeit zu teilen mangelte. In einer Familie oder Ehe verlangte man schließlich nicht für jede Leistung Geld. Dieses Zahlungsmittel schaffte eindeutige, materielle Werte mit einem klar geregelten System. Die mangelhaften Eigenschaften des Menschen wurden hierdurch jedoch nicht vervollständigt sondern schienen nur ihre Notwendigkeit zu verlieren. Indem man für Geld arbeitete wurde die Nächstenliebe eher geschwächt und die Angst vor Armut sowie die Gier nach Reichtum bestärkt. Die Gesellschaft wurde in verschiedene Schichten gespalten, die Erdbevölkerung in die Erste, Zweite und Dritte Welt.

Geld war lebensnotwendig, führte aber auch zum Tod. Zum Beispiel wurde die Umwelt aus wirtschaftlichen Gründen außer Acht gelassen, was langfristig sogar das Überleben der gesamten Menschheit gefährden könnte. Kriege wurden durch Waffenlobbyisten beeinflusst und auch Gesetze wurden durch Lobbyisten beeinflusst. Geld regierte die Welt, weil zivilisierte watu nicht anders leben konnten. Dies war scheinbar ein großes

Problem, aus dem viele andere resultierten so dachte Ali, doch am Ende des Buches sollte er seine Meinung wieder ändern.

Es folgten Kurzgeschichten über Betrug, Rache, Eifersucht, Trieb und Wahnsinn. Schließlich stieß Ali auf eine Kurzgeschichte, die er ethisch etwas fragwürdig fand. Es war die einzige, die er mehr als einmal las und ihm war nicht ganz klar, was die Intention der Novelle sein sollte. Er fand sie jedoch erregend:

Die Milf

"Ich hab doch gar nichts gemacht Mama." sagte Salomes achtzehnjähriger Stiefsohn als er mit dem Gesicht zur Wand in der Ecke stand, um sich zu schämen. Jeans und Boxer-Shorts waren bis zu den Fußknöcheln heruntergelassen. Hinter ihm saß Salome mit überschlagenen Beinen und betrachtete das entblößte Gesäß. Überlegen antwortete sie: „Genau. Du hast dein Zimmer nicht aufgeräumt und wenn du nicht willst, dass ich deinem Vater von den Heften erzähle, die ich dort gefunden habe, solltest du tun, was ich dir sage."

Sie hatte ihn schon öfter unsittlich bestraft, aber heute wollte sie weiter gehen, denn sie verfügte nun über ein wirksames Erpressungsmittel. Salome ergänzte: „Strafe muss sein." - „Ich kenne keinen, der so bestraft wird. Das ist sexueller Missbrauch." - „Du solltest dich nicht so sehr an anderen orientieren. Andere nehmen auch Drogen und sonst was. Und was ist mit den Mädchen in deinen Heften? Ist das kein sexueller Missbrauch? Ich glaube, das hier ist die einzige Methode dir das begreiflich zu machen." - „Und wenn ich meinem Vater davon erzähle?"

- „Das hättest du nicht sagen sollen. Ich hätte dir nur noch den Hintern versohlt, aber jetzt wirst du vor mir onanieren, damit du jedes Mal an mich denkst, bevor dir Schweinereien in den Sinn kommen. Umdrehen und auf die Knie mit dir."- Seines Dilemmas bewusst, wandte er sich zu und sprach mit um Mitleid bittender

Stimme „Aber Salome...“ - *„Ich hab dir gesagt, du sollst mich Mama nennen oder muss ich dir das erst auf deine Erektion schreiben?“*

Als Salomes Ehemann nach Haus kam, war er wieder einmal glücklich seine Traumfrau gefunden zu haben. Auch wenn die Affäre mit ihr seine erste Ehe zerstört hatte, war Salome einfach zu bezaubernd, als dass er auf ein Leben mit ihr verzichtet hätte. Sein Sohn schien sie anfangs nicht zu mögen, doch heute sah es anders aus. Er nannte sie sogar Mama.

Am Ende des Buches wurde beschrieben, dass die Welt an sich neutral sei und dass gut und böse lediglich Angelegenheiten der individuellen Wahrnehmung seien. Die Stelle an der das erwähnte, größte Geheimnis verraten werden sollte, hatte Jane hier ausgelassen. Sie hatte Ali gebeten eine geeignete Stelle als Leseprobe auszusuchen, das kitabu auf einer Self-Publishing-Plattform im Internet als vorbestelbar anzubieten und so viel wie möglich zu bewerben. Ali vermarktete es online mit realistischer Vorfreude auf die versprochenen 50% und ein ausreichendes Einkommen in seinem neuen maisha.

Der Überfall

Ali freundete sich mit dem Hausmeister der shule an und besuchte mit ihm nach der kazi ein Selbstverteidigungstraining in einem unfertig gebautem Gebäude gefolgt von Krafttraining mit Hanteln aus selbstgebauten Betongewichten. Im Hinblick auf Alis Date am Wochenende wollte er die Dame so gut wie möglich beschützen können und die Gefahr eines Überfalls oder ähnlichem war durchaus gegeben.

Am Freitag nahm Ali den Bus zur Innenstadt Nairobis, wo er sich mit seiner upendo traf. Einen Mietwagen konnte er sich leider noch nicht leisten, doch aufgrund des ungewohnt wilden Linksverkehrs waren die öffentlichen Verkehrsmittel labda auch die bessere Wahl.

Jane wartete auf dem Platz vor den National Archives nahe der Shuttles. Interessiert vorgebeugt sah sie sich an einem der dort zahlreichen Stände mit gebrauchten vitabu um. Als Ali auf sie zuging wurde er fast magisch von ihrem strotzend runden Hinterteil angezogen. Dieses wurde von einer Art Kleid bedeckt, für dessen Benutzung kenianische Frauen nicht lange zuvor noch auf die Straße gegangen waren und "My dress, my choice" riefen. Jane begrüßte Ali mit einer wohltuenden Umarmung und auch Ali dachte darüber nach sich für die geplante Fahrt nach Nakuru eines der günstigen Bücher zu kaufen.

Während er sich einen Roman kaufte, wurde seine Geliebte von zwei uniformierten, mit Maschinengewehren bewaffneten Männern und einer Frau angesprochen. Sie sprachen auf Suaheli und zunächst dachte Ali sie wären labda Freunde. Es gab schließlich keinen Grund sie anzuhalten. Währenddessen scherzte Ali zu dem Buchverkäufer: "Wenn ich in den Knast muss, habe ich jetzt wenigstens etwas zu lesen", doch in Kürze sollte ihm gar nicht mehr nach Scherzen zumute sein. Als ihm das Gespräch zu lange dauerte, fragte Ali, worüber sie redeten. Die Fremden hatten nach dem Grund seines Besuchs gefragt. Sie beharrten darauf, dass es ein Problem gebe und befahlen mit ihnen auf die Polizeistation zu kommen.

Jane und Ali folgten den vermeintlichen Polizisten, aber es war keine Polizeistation sondern eine leere Seitengasse. Einer von ihnen stellte sich vor Ali richtete das MG auf ihn und fragte: "Wie gefällt dir die Situation?" Ali war unfähig zu antworten. Jane hatte erzählt Mord komme hier im Vergleich zu anderen Ländern eher selten vor, da viele Angst hätten der Geist des Opfers würde den Mörder verfolgen. Der schnurrbärtige mwanamume vor ihm schien sich davon jedoch nicht abschrecken zu lassen und setzte nach: "Wie gefällt dir Kenia?" - "Bis jetzt gut, aber ich weiß nicht, was euer Problem ist." - "Naja, du kannst mit einem Touristenvisum keinen Freiwilligendienst leisten." - „Dann leiste ich keinen Freiwilligendienst mehr." - "Du verstehst mich nicht. Frag deine Freundin, was ich meine."

Jane und Ali entfernten sich ein paar Schritte und sie erklärte: "Die wollen Geld. Das ist die neue Straßengang in Uniform, die hier Patrouille läuft. Sie sind keine richtigen Polizisten. Sie sind ehemalige Gefängniswärter, die dafür eingesetzt werden Terroranschläge zu verhindern, aber was sie hauptsächlich tun, ist ihre Position auszunutzen, um Menschen auszurauben und nicht nur Ausländer. Eigentlich hast du dich schon sawasawa verhalten. Man sollte sich dumm stellen als hätte man noch nie von Bestechung gehört, aber denen hier müssten wir noch nicht mal folgen. Man kann ganz einfach in der Öffentlichkeit bleiben und ihnen sagen man wisse, dass sie keine Polizisten sind und einen nicht zur Polizeistation bringen können, dass sie dich ausrauben wollen und ihren Job verlieren können."
- "Und warum hast du das dann nicht getan?" - "Weil ich es satt habe, dass solche Leute ungestraft davon kommen und sich wahrscheinlich noch Christen nennen." Sie ging wieder auf die washenzi zu und was dann geschah konnte Ali sich nur als Halluzination und Flashback seines Drogenkonsums erklären.

Das Geheimnis

"Mein Freund hat kein pesa dabei und ich gebe euch nichts. Na los erschieß mich du Stück Scheiße." sagte sie zu dem Schnurrbärtigen. Dessen Faust landete ohne Verzögerung mit einer rechten Geraden in Janes Gesicht. Die anderen beiden ergriffen sie und versuchten Janes Taschen zu leeren. Ali wollte den Helden spielen, doch dann geschah das Unfassbare.

Nur einen Augenblick hatte Ali sich nach Hilfe umgesehen, dann war die von den beiden washenzi umringte Person nicht mehr Jane sondern ein so muskulöser Riese, dass es kein mtu mehr sein konnte. In Bruchteilen einer Sekunde entriss der Übermensch den washenzi ihre Waffen, schleuderte ihre Körper gegen eine Wand und schlug den herausgeforderten mshenzi mit dem Ende des MG bewusstlos. Während Ali überlegte, ob ihm jemand eine halluzinogene Droge in die Cola gemischt haben konnte, sah er zu, wie diese comichafte Riesenkreatur auf die am Boden liegenden zu schritt und ihnen jeweils mit einem gut hörbaren Knacken in die Gesichter trat. Dann verwandelte sie sich zurück in die Frauengestalt.

Nachdem Alis Fassungslosigkeit sich ein wenig gelegt hatte, löste Jane auf dem Weg zum Shuttle das Rätsel des fehlenden Teils ihres Manuskripts. Sie fragte:
- Hast du dir auch manchmal gewünscht man würde alle bösartigen Menschen irgendwo weit weg auf einem anderen Planeten unterbringen?
- Ja einen ähnlichen Gedanken hatte ich schon mal. Die Engländer haben Schwerverbrecher schon am anderen Ende des Planeten untergebracht und das auf einem ganz anderen Planeten zu tun wäre wohl auch bald möglich.
- Naja, wenn du bereit für das Geheimnis bist, kann ich dir verraten, dass diese Verbannung auch mit einem fernen Planeten schon geschehen ist. Die Erde ist dieser Planet von verstoßenen, außerirdischen Schwerverbrechern, denen die Menschen entstammen. Ich bin erst kürzlich von dem ursprünglichen Planeten namens Paradisum hergereist, um mein Buch über das Böse im Menschen zu schreiben. Für meine Art ist dies das gefährlichste Abenteuer, das man sich vorstellen kann. Eine Reise in die Hölle.

- Du willst mir also weismachen, dass Menschen von außerirdischem Leben abstammen. Von verstoßenen Kriminellen und daher kommt das Böse im Menschen?
- So ist es. Den irdischen Wissenschaftlern war es immer ein Rätsel, wie das Leben auf die Erde gekommen ist. Es gibt die Panspermie-Hypothese nach der Menschen einer außerirdischen Lebensform entstammen, jedoch hat man dafür keinen Beweis gefunden. Mit der Auflösung hätte ich eigentlich noch gewartet bis du den Beweis in Nakuru siehst, aber ich glaube dir dürfte nun klar sein, dass ich kein Mensch bin oder?
- Ich denke schon. Das hättest du mir aber auch vorher zeigen können. Und woher genau kommst du? Ist es einer dieser erdähnlichen Planeten, die man neulich entdeckt hat?
- Es sollte wie gesagt eine Überraschung sein und ich hätte mich sicher nicht in einen muskulösen Riesen verwandelt. Warte...

Sie waren am Shuttle angekommen. Während sie warteten bis dieser sich füllte, tippte Jane die Antwort auf seine Frage in ihr Handy und zeigte Ali:

Jenseits der schwarzen Löcher im Weltall gibt es eine bessere Welt. Auch dies ist eine Angelegenheit, bei der irdische Wissenschaftler die wildesten Theorien von Paralleluniversen aufgestellt haben, aber kein Mensch kann wissen, was sich dahinter verbirgt Es ist die Heimat der Sterne, die zu hell für diese Welt leuchten. Die Heimat von allem, was hier zu schön wäre, um wahr zu sein. Die schönsten Wünsche und Fantasien der Menschen sind Visionen und Schatten Paradisums.
Es ist ähnlich wie in Platons Höhlengleichnis, wo Menschen nur ihre Höhle und Schatten an den Wänden kennen. Sie stehen mit dem Rücken zum Licht und wissen nicht, was die Schatten wirft. Wenn sie das Licht sähen, würden sie zunächst geblendet und müssten zu ihrem Glück gezwungen werden. So auch mit dir, falls du mir nicht dorthin folgen willst. Hab keine Angst auch du wirst in die bessere dunia eintreten, wo alle Wünsche wahr werden.

Deine dunia ist die Vergangenheit, meine die Zukunft und die Zeit ein Kreislauf durch beide Universen.

Es war unglaublich, doch Ali war fasziniert wie noch nie und sah Jane nun mit ganz anderen Augen. Der Shuttle fuhr Richtung Westen, wobei Ali die immer grüner werdende Landschaft in Janes Hintergrund nur beiläufig bemerkte. Auf dem Weg sah er ebenso freilaufende Zebras und Giraffen in der natürlichen Umgebung, während die Sonne am Horizont über dem Ende der Straße wie ein Tor aus Licht schien.

In der Nacht erreichten sie Nakuru und nahmen sich ein weiteres Hotelzimmer. Ali konnte nicht widerstehen mit Jane intim zu werden und erlebte eine neue Dimension der Erotik, die alles bisher bekannte in den Schatten stellte. Er hatte das Gefühl sie teilten eine Seele mit zwei Körpern. Es war das Gegenteil zu seinen kranken Zeiten, als sich seine Persönlichkeit hin und wieder gespalten hatte. Die unglaubliche Jane war in der Lage die Gestalten unterschiedlicher Traumfrauen anzunehmen und ebenso mehrerer gleichzeitig. Auch Ali sah sich in Gestalten, von denen er immer geträumt hatte. Sie durchlebten ihre wildesten Fantasien. Mal war Jane die dominante Lehrerin, die ihn mit einem Rohrstock bestrafte. Mal war sie die schüchterne Sekretärin und all das gehörte lediglich zum Vorspiel.
Der Akt war mit jedem Stoß ein Höhepunkt, der seine Hormone nun explosionsartig ausschüttete wie die Supernova eines riesigen Sterns, bevor er sich im schwarzen Loch von dieser Welt verabschiedet. Janes Stöhnen der Befriedigung klang noch Minuten nach wie musiki in Alis Ohren. Er dachte, wenn er jetzt sterben würde, habe sich sein maisha gelohnt, doch blickte mit immenser Vorfreude auf den folgenden Tag. Der Tag, der vollständigen Auflösung des Geheimnisses und der Tag, an dem Ali Mti die Erde verlassen würde, um in eine bessere dunia zu reisen.

Am Ende

Beim Frühstück stellte Ali wieder einmal fest, dass die Nahrung hier, womöglich aufgrund der höheren Sonneneinstrahlung, reichhaltiger schmeckte. Auch fiel ihm auf, dass man in Afrika lockerer bei der Arbeit und weniger in Eile war, was ebenso mit den hohen Temperaturen zusammenhängen könnte. Anschließend nutzte Ali das W-LAN für eine weitere Marketingmethode des bereits sehr gefragten kitabu. Bald dürfte jedem bekannt sein, dass Ali der erste mtu war, der von jenem Mysterium wusste. Ali Mti, auserwählt als erster unschuldiger Erdbewohner aus dem Gefängnis Erde zurück in die unbekannte Freiheit zu kehren.

Dieses Mal nahmen Jane und Ali ein Tuk Tuk - eine aus Asien stammende Autorikscha - zu ihrem Ziel. Sie passierten den Nakurusee und Jane deutete auf einen kleinen Berg, wovon man einen fantastischen Blick auf den See habe. Dahinter befinde sich ein Museum an einem Fundort der frühen Homo sapiens. Das Tuk Tuk hielt am Fuß des Berges und Ali bezahlte in Gentleman-Manier. Als der Fahrer sich entfernte, erklärte Jane: "Ich warte hier. Auf der Bergspitze liegt ein Stein mit einem eingemeißelten A. Darunter befindet sich die vollständige Auflösung dieses Geheimnisses. Viel Spaß!" Sie gab ihm einen letzten Kuss und er sah für einen Augenblick ihren Heimatplaneten gefüllt mit Traumfrauen, die auf ihn warteten. Dann stieg der Entdecker den Berg hinauf.
Er glaubte ein leises Grollen aus dem Untergrund zu hören und fragte sich, ob es sich hapa um einen Vulkan handelte. Dabei fiel ihm ein, dass der Taxifahrer Andrew von einem Vulkan mit dem Spitznamen "The Devil's Mountain" in der Nähe von Nakuru erzählt hatte, wo viele Besucher auf mysteriöse Weise verschwunden seien.

Ali trennten nur noch wenige Meter von der Bergspitze als der leicht Kurzsichtige sich vorbeugte, um den besagten Stein mit dem Anfangsbuchstaben seines Namens zu finden. Unvorhergesehen zischte eine Schlange aus einem Strauch an Alis Gesicht vorbei, sodass er vor Schreck rückwärts fiel und seinen Kopf stieß. Aufhalten konnte sie ihn jedoch nicht. Nicht so kurz vor dieser Enthüllung. Entschlossen stieg er die letzten Schritte aufwärts und erkannte den markierten Stein am Boden. Er sah sich noch einmal nach der Schlange um, bevor er sich wieder beugte, um diesen anzuheben. Darunter entdeckte Ali einen Brief, der seine Sicht auf Jane zum zweiten Mal grundlegend ändern sollte:

Lieber Ali,

dieser Brief wurde heute Morgen von einem Freund hier untergebracht und es freut mich sehr, dass Du ihn gefunden hast, obwohl diese Nachricht Dir nicht gefallen wird. Erst einmal danke ich Dir für das Marketing. Ein Buch kann so interessant sein, wie es will, aber ohne professionelle Werbung würde so gut wie niemand davon erfahren. Mein Werk habe ich aber nicht nur geschrieben, um Geld damit zu verdienen.
Die eingestreuten Fremdwörter ergeben eine Botschaft, um Hass zu entfachen. "Gesichter des Teufels" ist eines von mehreren Büchern, die ich geschrieben habe, um Menschen gegeneinander aufzuhetzen und meine Helfer waren meistens geisteskranke Männer wie Du. Für manche bin ich der Teufel, aber mein Name ist Salome und mein Pseudonym S.M.R. steht für Salome Milf Rohrstock. Wenn Du wissen willst, wie ich Deine Halluzinationen erzeugt habe, musst Du mein Buch "Das Puzzle" lesen, aber ich bin sicherlich keine Außerirdische sondern komme aus Europa. Meinen Freund wirst Du in Kürze kennen lernen und ich glaube nicht, dass Du es überleben wirst. Mach Dir nichts draus, denn mithilfe des von Dir beworbenen Buches wird bald die ganze Welt

sterben und mit meinem Geschenk von letzter Nacht hat sich Dein Leben gelohnt oder etwa nicht? War nett Dich kennen gelernt zu haben.

Deine 52-jährige Salome

P.S. Zu Anfang hast Du mit einer gewöhnlichen Frau geschrieben bis ich mich in ihr Account gehackt habe. Sie war sehr verzweifelt als sie Dir nicht mehr schreiben konnte und ist sogar zu Dir nach Kalifornien geflogen, um Dich zu finden. Ich musste ihre Wahrnehmung allerdings auch fälschen sonst hätte sie Dich erkannt als sie auf dem Rückweg zufällig neben dir im Flugzeug saß.

Noch bevor er die Nachricht vollständig realisiert hatte, spürte er den Biss der Schlange im Bein. Zerfressen von Wut ergriff er das Tier und schleuderte es in die Tiefe. War die Schlange der erwähnte Freund, der ihn umbringen sollte? Oder vielleicht sogar eine von Salomes Gestalten? Ali hielt nun nichts mehr für unmöglich.

Dort unten am Fuß des Berges erkannte er diese Hexe, die sich wieder verwandelte. Ihre Haare wurden zu Dutzenden von Schlangen, die sich von ihrem Kopf abwärts bewegten, um sich geschwind den Berg hinauf zu schlängeln. Mit dem Gefühl den Verstand zu verlieren stieg Ali auf der anderen Seite des Berges hinab und wurde von weiteren erschreckenden Halluzinationen heimgesucht, die sich wieder in Luft auflösten. Es waren die sogenannten Big Five: ein Löwe, ein Leopard, ein Büffel, ein Nashorn und ein Elefant. Alis akili war nun vollkommen verwirrt und er brauchte dringend Hilfe. Doch von wem? Einem weiteren Fremden wie Jane? Der Polizei, die ihn überfallen wollte? John in Amerika? Sollte er die US-Botschaft anrufen und sagen, dass er verhext worden war? Zu dumm, dass er keine Verwandten mehr in Kenia hatte. Hilflos befand er sich nun am Ursprung der

Menschheit und war selbst am Ende. Schließlich wurde ihm schwarz vor Augen und er sank zu Boden.

Als er wieder zu sich kam, fiel ihm die ganze Misere erneut ein als würde sein Gedächtnis mit einer LKW-Ladung voll Mist beladen. Beim ersten Versuch aufzustehen, überfiel ihn ein weiterer Schwindelanfall, sodass er sich setzen musste. Ali hatte sich noch nie im Leben schlechter gefühlt und überlegte schon, ob ihn der Schlangenbiss umgebracht hatte und dies die Hölle sei. Was sollte er nur tun? Er hatte umgerechnet noch ungefähr 5$ und kam sich so hilflos vor wie eines der elternosen Kinder im Slum. Die Person, der Ali in Kenia noch am ehesten traute, war der Hausmeister des Kibera Children Center namens Joe und dahin beschloss er nun zurückzukehren.

Auf seinem Fußmarsch zum Zentrum Nakurus wurde es ihm langsam gleichgültig, ob er tot, krank oder verhext war. Selbst wenn die dunia unterging, würde er bis zuletzt den watoto in Kibera helfen. Bald aber sollte er erfahren, dass sein Weg durch die Hölle letztlich doch ins Paradies führte.

Der Neuanfang

Seine Halluzinationen wurde Ali Schritt für Schritt wieder los. Nachdem er seinen Freiwilligendienst in Kenia beendet hatte und sein Visum abgelaufen war, kehrte er zurück in die USA, wo jedoch ein Atomkrieg zu befürchten stand. Es herrschte schon jetzt Krieg auf der Erde, woran sich viele Länder beteiligten, doch der Einsatz von beinahe apokalyptischen Waffen, Militär-Robotern und ferngesteuerten Soldaten fing gerade erst an.

Ali dachte darüber nach, was in einer der frühen E-Mails seiner ehemals Geliebten stand, wobei er nicht wusste, ob diese von der

Sitznachbarin im Flugzeug oder Salome stammte. Es hieß darin der Verstand sei der einzige Gott und der einzige Teufel, denn nur er könne Himmel und Hölle erschaffen. Die Welt an sich sei nämlich neutral, Gut und Böse nur individuelle Interpretationen des akili. In einer späteren habari wurde noch beschrieben, wie man die Hölle in den Himmel verwandeln könne.

Jede Interpretation sei nur ein Teil eines Puzzles, worin der Geist diese einordne. Sieht man einen Hund, verbindet der Verstand dies möglicherweise mit Informationen wie *du magst Hunde nicht, weil du als Kind von einem gebissen wurdest.* Wenn man aber versuche das Puzzleteil unabhängig zu betrachten könne man es in ein positiveres Gedankenpuzzle einordnen. Auf diese Weise kam eine Erinnerung aus der ersten gemeinsamen Nacht mit Jane zurück in sein Gedächtnis. Als sie in dem Nachtclub die choo aufgesucht hatte, wurde Ali von einem Fremden eine legale, pflanzliche Droge namens Myrra angeboten, die ihn nach dem Flug in der vorigen usiku wach halten sollte.

Den ohnehin von Wahnvorstellungen und Halluzinationen vorbelasteten Ali führte dies jedoch
auf seinen Horrortrip. Jane war weder eine Außerirdische noch irgendeine teuflische Figur und Ali hatte nach diesem Trip endgültig mit Drogen abgeschlossen.

Auch Luxus sah er als eine Art Droge an, die watu abhängig machte, deren Gier antrieb und sie davon abhielt Gerechtigkeit in der Welt zu schaffen. Und auch diese Droge änderte deren Wahrnehmung in Bezug auf die Dritte Welt. Mit Janes Buch, das nicht *Gesichter des Teufels* sondern *Roots* hieß und indem die eingestreuten Fremdwörter in Wirklichkeit dazu dienten Swahili zu lernen, hatte Ali gutes Geld verdient. Er gab es jedoch nicht für Luxus aus.

Mit einem Arbeitsvisum lisafiri er erneut nach Kenia, um zusammen mit dem Hausmeister Joe und der Lehrerin Jane eine eigene Grundschule in Kibera zu gründen. Einer der freiwilligen Helfer wurde Alis Freund John und Ali selbst begann Musik zu unterrichten. Die shule befand sich hauptsächlich unter freiem Himmel und wirkte äußerlich wie ein Miniatur-Nationalpark. Anders als in gewöhnlichen Schulen lag der Schwerpunkt hier nicht auf fachlichen Kenntnissen sondern darauf gerecht und friedlich miteinander umzugehen. Während die Menschheit vom Krieg stark reduziert und der Planet größtenteils verwüstet war, besuchte auch Janes und Alis gemeinsame Tochter diese oasenartige Einrichtung namens Paradisum.

"Und wenn ihr nur denen Gutes tut, die euch Gutes tun, welchen Dank erwartet ihr dafür? Das tun auch die Sünder."

Lukas 6:33 - Die Bibel

Dritter Teil

1. Eingestreute Fremdwörter

rafiki / marafiki	Freund / e
dunia	Welt
mtu / watu	Mensch / en
mwanamume	Mann
labda	vielleicht
ndege	Flugzeug, Vogel
Mwislamu	Muslim / Muslima
habari	Nachricht
shida	Problem
hofu	Angst
akili	Verstand
kesho	morgen
hakuna matata	kein Problem
mwanamke	Frau
baya	schlecht
usiku	Nacht
barabara	Straße
lisema	sagte
gari	Fahrzeug, Wagen
chuki	Hass
upendo	Liebe
mrembo sana	sehr hübsch
haraka	Eile
kwa nini	warum
Mimi ni	Ich bin
Mzungu / Wazungu	Weißer / Weiße *pl*
lakini	aber
kitabu / vitabu	Buch / Bücher
kubwa	groß
hapana	nein

kazi	Arbeit
shule	Schule
mtoto / watoto	Kind / Kinder
wanafunzi	Schüler
uhuru	Freiheit
nyumba	Haus
pesa	Geld
maisha	Leben
sawasawa	richtig
mshenzi / washenzi	Mistkerl / Mistkerle
musiki	Musik
hapa	hier
choo	Toilette
lisafiri	reiste

2. Deutsch - Englisch

Deutsch	Englisch
abbiegen	to turn
Abend	evening
aber	but
Abfall	waste
abreisen	to leave
Affe	monkey
Afrika	Africa
alt	old
Alter	age
Ananas	pineapple
Anfang	beginning
angeln	to go fishing
Angestellter	employee
Angst	fear
Antwort	answer
antworten	to answer
Anzug	suit
Apotheke	chemist
Arbeit	work
arm	poor
Arm	arm
Arzt	doctor
auch	also
Auge	eye
Ausländer	foreigner
Auto	car
baden	to bath
Bahnhof	station
bald	soon

Banane	banana
Bank (Geld)	bank
Bar	bar
Bauch	stomach
Baum	tree
Bein	leg
Benzin	petrol
Berg	mountain
Beruf	job
beten	to pray
Bett	bed
bezahlen	to pay
Bier	beer
bitte	please
blau	blue
böse	evil
brauchen	to need
Brille	glasses
Brot	bread
Bruder	brother
Brücke	bridge
Buch	book
Büro	office
Bus	bus
Christ	Christian
Dame	lady
danke	thank you
dann	then
dass	that
denken	to think
Deutsch	German
Deutsche/r	German
Deutschland	Germany

dick	thick
Dieb	thief
Diesel	diesel
Ding	thing
Dorf	village
dreckig	dirty
Drogerie	chemist
dumm	dumb
dünn	thin
durch	through
durstig	thirsty
Ehefrau	wife
Ehemann	husband
ehrlich	honest
Ei	egg
Eile	hurry
einfach	easy
einkaufen	to go to the store
einverstanden	okay
Elefant	elephant
Eltern	parents
Ende	end
Englisch	English
Enkelkind	grandchild
Entschuldigung	sorry
essen	to eat
fahren	to drive
Fahrer	driver
Fahrrad	bicycle
Fahrschein	ticket
Fahrzeug	vehicle
falsch	wrong
Familie	family

Farbe	colour
Fehler	mistake
Fenster	window
Feuer	fire
Feuerzeug	lighter
Film	movie
finden	to find
Finger	finger
Fisch	fish
Flasche	bottle
Fleisch	meat
fliegen	to fly
Flugzeug	plane
Fluss	river
folgen	to follow
Fortschritt	progress
Foto	picture
Frage	question
fragen	to ask
Frau	woman
Frau (Anrede)	Mrs.
Freiheit	freedom
Freizeit	leisure
Fremde/r	stranger
Freund	friend
Frieden	peace
Friseur	barber
früh	early
Frühstück	breakfast
Führer	guide
Fuß	foot
Gabel	fork
Gast	guest

geben	to give
Gebet	prayer
Gefahr	danger
Gefängnis	prison
gehen	to go
gelb	yellow
Geld	money
Gepäck	luggage
Gepard	cheetah
geradeaus	straight on
Geschenk	gift
Gesetz	law
gestern	yesterday
Giraffe	giraffe
Gott	God
groß	big
Großmutter	grandmother
Großvater	grandfather
grün	green
gut	good
Haar	hair
haben	to have
Hafen	harbor
halt!	stop!
Hand	hand
Handtasche	handbag
Haus	house
Haut	skin
heiß	hot
heißen	to be called
helfen	to help
Hemd	shirt
Herr	mister

Herz	heart
heute	today
hier	here
Hilfe	help
Hochzeit	wedding
Hoffnung	hope
hören	to hear
Hose	trousers
Hotel	hotel
Huhn	chicken
Hund	dog
Hunger	hunger
Idee	idea
Idiot	idiot
immer	always
in	in
Islam	Islam
ja	yes
Jahr	year
jetzt	now
jung	young
Junge	boy
Kaffee	coffee
kalt	cold
Katze	cat
kaufen	to buy
Kind	child
Kirche	church
Kleid	dress
klein	small
kochen	to cook
Kokosnuss	coconut
kommen	to come

können	to can
Kopf	head
Körper	body
krank	sick
Krankenhaus	hospital
Krieg	war
Krokodil	crocodile
Kuh	cow
Kuss	kiss
Küste	coast
lachen	to laugh
Laden	store
Land	country
langsam	slow
laufen	to run
lernen	to learn
lesen	to read
Liebe	love
Leben	life
links	left
Löwe	lion
Lüge	lie
machen	to make
Mädchen	girl
Mahlzeit	meal
Mais	corn
Mango	mango
Mann	mwanamume
Markt	market
Maschine	machine
Medizin	medicine
Meer	sea
Mensch	human

Messer	knife
Miete	rent
Milch	milk
Minute	minute
mit	with
Mittag	noon
Mittagessen	lunch
mögen	to like
Monat	month
Mond	moon
morgen	tomorrow
Moschee	mosque
Moskito	mosquito
Motor	engine
Motorrad	motorcycle
Müll	trash
Mund	mouth
Musik	music
Muslim	Muslim
Mutter	mother
Nachricht	message
Nacht	night
Name	name
Nase	nose
Nashorn	rhino
nehmen	to take
nein	no
nett	nice
neu	new
noch	still
nur	only
Obst	fruit
oder	or

öffnen	open
ohne	without
Ohr	ear
Onkel	uncle
Ort	place
Österreich	Austria
Österreicher/in	Austrian
packen (Gepäck)	to pack
Pass	passport
Pferd	horse
Pflanze	plant
Polizei	police
Präsident	president
Preis	price
Problem	problem
Quittung	receipt
rauchen	to smoke
Raum	room
rechts	right
Regen	rain
reich	rich
Reise	journey
reisen	to travel
Religion	religion
Restaurant	restaurant
richtig	right
Rind	cattle
rot	red
Rücken	back
Sache	thing
Salat	salad
Salz	salt
Satz	sentence

sauber	clean
schicken	to send
Schiff	ship
schlafen	to sleep
schlecht	bad
schnell	fast
schön	pretty
schreiben	to write
Schuh	shoe
Schule	school
Schüler	student
schwarz	black
Schweiz	Switzerland
Schweizer	Swiss
schwer (Gewicht)	heavy
Schwester	sister
schwierig	difficult
schwimmen	to swim
See	lake
sehen	to see
sehr	very
sein	to be
seit	since
senden	to send
Schilling	Shilling
singen	to sing
sitzen	to sit
Sohn	son
Soldat	soldier
Sonne	sun
Spaß	fun
später	later
Speisekarte	menu

Spiel	game
spielen	to play
Sprache	language
sprechen	to speak
Stadt	town
stark	strong
sterben	to die
Straße	street
Stuhl	chair
Stunde	hour
Sturm	storm
Tag	day
Tankstelle	petrol station
Tante	aunt
tanzen	to dance
tauchen	to dive
Taxi	taxi
Tee	tea
Telefon	phone
telefonieren	to call
Teller	plate
teuer	expensive
Tier	animal
Tisch	table
Tochter	daughter
Tod	death
Toilette	washroom
Tourist	tourist
treffen	to meet
Treppe	stairs
trinken	to drink
Trinkgeld	tip
tun	to do

Tür	door
Uhr	clock
und	and
Unfall	accident
Universität	university
Unsinn	nonsense
Urlaub	vacation
Vater	father
verboten	forbidden
verkaufen	to sell
Verstand	mind
verstehen	to understand
versuchen	to try
Verzeihung	excuse me
viel	much
viele	many
vielleicht	maybe
Vogel	bird
Vulkan	volcano
wählen	to choose
Wald	forest
wandern	to hike
wann	when
warten	wait
warum	why
was	what
Wasser	water
Weg	way
Weihnachten	Christmas
weil	because
weiß	white
Welt	world
wenig	few

Wetter	weather
wieder	again
wieviel/e	how much / how many
willkommen	welcome
Wind	wind
wissen	to know
wo	where
Woche	week
Wochenende	weekend
wollen	to want
Wort	word
Wörterbuch	dictionary
Wurzel	root
zahlen	to pay
Zahn	tooth
Zahnarzt	dentist
Zahnbürste	toothbrush
Zahnpasta	toothpaste
Zebra	zebra
zeigen	to show
Zeitung	newspaper
Zeit	time
Zigarette	cigarette
Zimmer	room
Zucker	sugar
Zug (Bahn)	train

3. Englisch - Deutsch

accident	Unfall
Africa	Afrika
again	wieder
age	Alter
also	auch
always	immer
and	und
animal	Tier
answer	Antwort, antworten
arm	Arm
ask	fragen
aunt	Tante
Austria	Österreich
Austrian	Österreicher/in
back	Rücken
bad	schlecht
banana	Banane
bank	Bank (Geld)
bar	Bar
barber	Friseur
bath	baden
be	sein
be called	heißen
because	weil
bed	Bett
beer	Bier
beginning	Anfang
bicycle	Fahrrad
big	groß
bird	Vogel

black	schwarz
blue	blau
body	Körper
book	Buch
bottle	Flasche
boy	Junge
bread	Brot
breakfast	Frühstück
bridge	Brücke
brother	Bruder
bus	Bus
but	aber
butt	Hintern
butter	Butter
buy	kaufen
cab	Taxi
call	rufen, anrufen
can	können
car	Auto
cat	Katze
cattle	Rind
chair	Stuhl
cheetah	Gepard
chemist	Apotheke
chicken	Huhn
child	Kind
choose	auswählen
Christian	Christ
Christmas	Weihnachten
church	Kirche
cigarette	Zigarette
clean	sauber
clock	Uhr

coast	Küste
coconut	Kokosnuss
coffee	Kaffee
cold	kalt
colour	Farbe
come	kommen
cook	kochen
corn	Mais
country	Land
cow	Kuh
crocodile	Krokodil
dance	tanzen
danger	Gefahr
daughter	Tochter
day	Tag
death	Tod
dentist	Zahnarzt
dictionary	Wörterbuch
die	sterben
diesel	Diesel
difficult	schwierig
dirty	dreckig
dive	tauchen
do	tun
doctor	Arzt
dog	Hund
door	Tür
dress	Kleid
drink	trinken
drive	fahren
driver	Fahrer
dumb	stumm, dumm
ear	Ohr

early	früh
easy	einfach
eat	essen
egg	Ei
elephant	Elefant
employee	Angestellter
end	Ende
engine	Motor
English	Englisch
evening	Abend
evil	böse
excuse me	Verzeihung
expensive	teuer
eye	Auge
family	Familie
fast	schnell
father	Vater
fear	Angst
few	wenig
find	finden
finger	Finger
fire	Feuer
fish	Fisch
fly	fliegen
follow	folgen
foot	Fuß
forbidden	verboten
foreigner	Ausländer
forest	Wald
fork	Gabel
freedom	Freiheit
friend	Freund
fruits	Obst

fun	Spaß
game	Spiel
German	Deutsch
Germany	Deutschland
gift	Geschenk
giraffe	Giraffe
girl	Mädchen
give	geben
glasses	Brille
go	gehen
go fishing	angeln
go to the store	einkaufen
God	Gott
good	gut
grandchild	Enkelkind
grandfather	Großvater
grandmother	Großmutter
green	grün
guest	Gast
guide	Führer
hair	Haar
hand	Hand
handbag	Handtasche
harbor	Hafen
have	haben
head	Kopf
hear	hören
heart	Herz
heavy	schwer (Gewicht)
help	Hilfe
here	hier
hike	wandern
honest	ehrlich

hope	Hoffnung
horse	Pferd
hospital	Krankenhaus
hot	heiß
hotel	Hotel
hour	Stunde
house	Haus
how much / how many	wie viel / e
human	Mensch
hunger	Hunger
hurry	Beeilung
husband	Ehemann
idea	Idee
idiot	Idiot
in	in
Islam	Islam
job	Beruf
journey	Reise
kiss	Kuss
knife	Messer
know	wissen
lady	Dame
lake	See
language	Sprache
later	später
laugh	lachen
law	Gesetz
learn	lernen
leave	verlassen
left	links
leg	Bein
leisure	Freizeit
lie	Lüge

life	Leben
lighter	Feuerzeug
like	mögen
lion	Löwe
love	Liebe
luggage	Gepäck
lunch	Mittagessen
machine	Maschine
make	machen
mango	Mango
many	viele
market	Markt
maybe	vielleicht
meal	Mahlzeit
meat	Fleisch
medicine	Medizin
meet	treffen
menu	Speisekarte
message	Nachricht
milk	Milch
mind	Verstand
minute	Minute
mistake	Fehler
mister	Herr
money	Geld
monkey	Affe
month	Monat
moon	Mond
mosque	Moschee
mosquito	Moskito
mother	Mutter
motorcycle	Motorrad
mountain	Berg

mouth	Mund
movie	Film
Mrs.	Frau (Anrede)
much	viel
music	Musik
Muslim	Muslim
mwanamume	Mann
name	Name
need	brauchen
new	neu
newspaper	Zeitung
nice	nett
night	Nacht
no	nein
nonsense	Unsinn
noon	Mittag
nose	Nase
now	jetzt
office	Büro
okay	einverstanden
old	alt
only	nur
open	öffnen
or	oder
pack	packen
parents	Eltern
passport	Pass
pay	bezahlen
peace	Frieden
petrol	Benzin
petrol station	Tankstelle
phone	Telefon
picture	Foto

pineapple	Ananas
place	Ort
plane	Flugzeug
plant	Pflanze
plate	Teller
play	spielen
please	bitte
police	Polizei
poor	arm
pray	beten
prayer	Gebet
president	Präsident
pretty	schön
price	Preis
prison	Gefängnis
problem	Problem
progress	Fortschritt
question	Frage
rain	Regen
read	lesen
receipt	Quittung
red	rot
religion	Religion
rent	Miete
restaurant	Restaurant
rhino	Nashorn
rich	reich
right	richtig, rechts
river	Fluss
room	Raum
room	Zimmer
root	Wurzel
run	laufen

salad	Salat
salt	Salz
school	Schule
sea	Meer
see	sehen
sell	verkaufen
send	verschicken
sentence	Satz
Shilling	Schilling
ship	Schiff
shirt	Hemd
shoe	Schuh
show	zeigen
sick	krank
since	seit
sing	singen
sister	Schwester
sit	sitzen
skin	Haut
sleep	schlafen
slow	langsam
small	klein
smoke	rauchen
soldier	Soldat
son	Sohn
soon	bald
sorry	Entschuldigung
speak	sprechen
stairs	Treppe
station	Bahnhof
still	(immer) noch
stomach	Bauch
stop!	halt!

store	Laden
storm	Sturm
straight on	geradeaus
stranger	Fremder
street	Straße
strong	stark
student	Schüler
sugar	Zucker
suit	Anzug
sun	Sonne
swim	schwimmen
Swiss	Schweizerisch
Switzerland	Schweiz
table	Tisch
take	nehmen
tea	Tee
thank you	danke
that	das, dass
then	dann
thick	dick
thief	Dieb
thin	dünn
thing	Sache
think	denken
thirsty	durstig
through	durch
ticket	Fahrschein
time	Zeit
tip	Trinkgeld, Tipp
today	heute
tomorrow	morgen
tooth	Zahn
toothbrush	Zahnbürste

toothpaste	Zahnpasta
tourist	Tourist
town	Stadt
train	Zug
trash	Müll
travel	reisen
tree	Baum
trousers	Hose
try	versuchen
uncle	Onkel
understand	verstehen
university	Universität
vacation	Urlaub
vehicle	Fahrzeug
very	sehr
village	Dorf
volcano	Vulkan
wait	warten
want	wollen
war	Krieg
washroom	Toilette
waste	Abfall
water	Wasser
way	Weg
weather	Wetter
wedding	Hochzeit
week	Woche
weekend	Wochenende
welcome	willkommen, gern geschehen
what	was
when	wann, als (zeitlich)
where	wo
white	weiß

why	warum
wife	Ehefrau
wind	Wind
window	Fenster
with	mit
without	ohne
woman	Frau
word	Wort
work	Arbeit
world	Welt
write	schreiben
wrong	falsch
year	Jahr
yellow	gelb
yes	ja
yesterday	gestern
young	jung
zebra	Zebra

Informationsquellen:
www.fotolia.com
www.wikipedia.org
www.liportal.de
www.suaheli.eu
www.statista.com
www.lifeinmyyrs.blogspot.de
Marco Polo Kenia
Suaheli Wort für Wort Kauderwelsch Band 10
Gespräche mit einheimischen Kenianern
eigene Erfahrungen

Irrtümer vorbehalten

Anmerkung:
Nach meinen Recherchen existiert keine Schule namens Kibera Children Center in dem besagten Slum. Falls ich mich irren sollte oder nach Veröffentlichung dieses Buches eine solche gegründet werden sollte, ist diese hier nicht gemeint.

Der Autor

S.M.R. ist ein Pseudonym, welches das Geschlecht des Autors / der Autorin geheim halten sollte, um mehr Leser zu erreichen. Die Person ist 1988 in Lübeck im Norden Deutschlands geboren und aufgewachsen. Dort absolvierte sie zusammen mit der Fachhochschulreife eine kaufmännische Ausbildung mit dem Schwerpunkt auf Englisch und Französisch. Neben zahlreichen Berufen in verschiedenen Bereichen wie Gastronomie, Handwerk oder Bildungswesen verbrachte die Person auch ein Jahr als Aussteiger/in in einer selbstgebauten Hütte ohne Heizung, Strom- und Wasseranschluss.

Um weiter aus der Zivilisation Europas auszusteigen versuchte die Person nach Kenia auszuwandern, was jedoch nicht gelang. Sie arbeitete vorübergehend mit verschiedenen Hilfsorganisa- tionen sowie einer Safariorganisation zusammen und ist nun hauptberuflich als Fachberater/in bei einem Lieferservice tätig. Unter dem Pseudonym S.M.R. erschien Anfang 2017 "Das Puzzle", wozu die hier enthaltene Novelle ein ergänzendes Puzzleteil bildet.

Vorschau zu "Das Puzzle"

Ein Buch mit Kapiteln in vermischter Reihenfolge wie geschriebene Puzzleteile, die ebenso als unabhängige Kurzgeschichten gelesen werden können und den Leser ergreifend durch fast jedes Genre führen. Von Horror über Erotik zu Poesie und vieles mehr.

In einer Welt, in der Menschen heimlich wie Roboter gesteuert werden, finden zwei verbliebene Seelen einen Weg in die Freiheit. Die beiden Liebenden werden jedoch auf ihrem Weg durch eine Hölle menschlicher Maschinen getrennt und können nur hoffen den Anderen am Ziel wiederzusehen...

Ein schüchterner Teenager verliebt sich in die attraktive Verkäuferin Salome und schwelgt in seinen Fantasien. Bald bemerkt der Unerfahrene, dass sich mehr hinter seinen Vorstellungen verbirgt. Salome verfügt über magische, sexuelle Kraft und wird von der Wirtschaft benutzt, um Kunden zu locken. Sex sells...

Im Krieg gegen eine mächtige und schrecklich brutale Terror-Organisation findet ein besorgter Bürger ein Versteck zusammen mit einer Handvoll Menschen von unterschiedlichen religiösen Ansichten. Dort erfahren die werdenden Freunde ein Gegenstück zum "Heiligen Krieg", doch kann sich ihre friedliche Einstellung bewähren, wenn sie am Ende auf den Feind treffen?

Zeitfracht Medien GmbH
Ferdinand-Jühlke-Straße 7
99095 Erfurt, Deutschland
produktsicherheit@kolibri360.de